辽宁省文化名家暨"四个一批"人才培养项目
辽宁省作家协会定点深入生活项目
盘锦市少数民族地区补助费扶持项目

杨春风 ◎ 著

逐稻者

辽宁人民出版社

图书在版编目（CIP）数据

逐稻者 / 杨春风著. — 沈阳：辽宁人民出版社，
2024. 8. — ISBN 978-7-205-11247-9

Ⅰ . I25

中国国家版本馆CIP数据核字第2024K3W610号

出版发行：辽宁人民出版社
　　　　地址：沈阳市和平区十一纬路 25 号　邮编：110003
　　　　电话：024-23284325（邮　购）　024-23284300（发行部）
　　　　http://www.lnpph.com.cn
印　　刷：辽宁一诺广告印务有限公司
幅面尺寸：160mm×230mm
印　张：12.5
字　数：160千字
出版时间：2024年8月第1版
印刷时间：2024年8月第1次印刷
责任编辑：祁雪芬
封面设计：琥珀视觉
版式设计：新华印务
篆　刻：张佳军
责任校对：吴艳杰
书　号：ISBN 978-7-205-11247-9
定　价：69.00元

前　言

对于父母的经历，你知道多少？

对于爷爷、奶奶的呢？

如果这两个问题也同样让你感到吃惊，吃惊于自己对家族过往并不曾知道得很多，甚至已无从精确说出奶奶的名字，更遑论爷爷的悲喜忧欢，那么想来你也会对本书关照的核心群体——辽河口地区朝鲜族对其家族史脉的不甚明了，生出并不怎样令人为难的体谅，或许还会额外给予一些敬意，毕竟他们还追述了那么多详实的细节，从而使那些一度被时代巨轮肆意裹卷抛掷，却并不曾被史册记取的众多"小人物"拥有了丰满的血肉，活泛了斑斓的灵魂。

关于朝鲜半岛民众在 1931 年至 1945 年间被诱骗或强行迁徙到中国东北的这一史实，相关研究成果并不阙如，只是绝大部分属于学术著作，客观严谨，宏观全面，也因此不得不牺牲了对身处其中的人类个体的深度关照。本书尝试着弥补了这一点，从始至终都以"人"为首要观察对象，再现了一个个"人"在那个特殊历史时期的颠沛流离，在那种形似失重的状态下的伤痛绝望，在那个变异的时代背景下求生求存的心路历程，折射了一个时代的政治生态对"人"造成的深刻影响。

如果说"民族"是有分野的，那么"人"则是相通的，即"人同此心，心同此念"。任何一个族群的人，心之所向恐怕都相差无几，尤其对那些被称为"农民"的"人"而言——"三十亩地一头牛，老婆孩子热炕头"总是其心中最热切的向往。然而，在那些年间陆续来到辽河口地区的朝鲜半岛的农民群体，尽管在这片土地上流下了毫不吝惜的汗水，却不曾圆满各自的梦想，反而从中真切体会到了"殖民"和"亡国奴"的含义。在时光的微尘中，"故乡"的字样曾被他们以泪水反复描摹，哪怕祖屋只能闪现在梦里。此时此刻，如果驻足屏息于时间的夹缝，仍能听得见若隐若现的叹息——短促，隐忍，沉痛，一声声惊心动魄。

《晏子春秋》言："橘生淮南则为橘，生于淮北则为枳，叶徒相似，其实味不同。所以然者何？水土异也。"此说强调了"水土"对植物的重要性，实际上对人也是如此。在漫漫90年东北水土的滋养下，辽河口朝鲜族已成为辨识度颇高的一个群体，既不同于朝鲜半岛上的他们的同族，也有别于他们的父辈了。

如今，他们认为自己已同化于汉文化很多，并感叹自身民族文化的漂淡。然而，在足够深入地了解之后，会发现他们所保留的族群特征远比他们所意识到的要多，对那些居于乡下的老年人而言尤其如此。那些或隐或显的文化"胎记"，形成于他们及其祖上的集体经历，无论对那段经历的记忆如今已模糊到几成，也依然左右着他们对生活的认知与安排。

挖掘辽河口地区朝鲜族的集体记忆，在了解其祖上所经历的苦难的同时，也是一种对历史的再认识，对战争对侵略的再认识，从这种认识中可以揪出一个事实：任何一次冷酷的施暴，纵然有可能粗暴地打乱人们求生求存的步履，却迟早都会被人们寻求幸福生活的努力所颠覆。任何一次、任何一种侵略都必将失败，并在人类史上留下抹不去的污点。

当过往的苦难成为历史，历史仍在启迪着世人。

说到底，每个人的家族过往都是值得追溯的，因为那是我们的来路，也是我们的根基本源，既深刻影响着我们的当下，也在一定程度上左右着我们的将来。从一定意义上说，历史也正是无数个家族记忆的集合。

目录

CONTENTS

001

目 录 ——

第一章　来历

物有本末，事有终始。

知所先后，则近道矣。

——《大学》

1. 一个"随团技术员"的一生

根据年代、属相、子女年龄等几种信息的交叉逆推，可确定李恩研是 1900 年生人，生于今韩国庆尚北道，并在那儿长大。到 1910 年"日韩合并^①"后，他也就被动成为被殖民者的一员，尽管对于 10 岁的年纪而言，"殖民"的含义还是那样令他难以理解。

也是从那一年起，朝鲜民众的生活变得日益艰难，本就不多的耕地被殖民者越来越多地圈占，剩下来的土地所出也越来越多地被殖民者掠夺，以致一些难以维系生活或饱尝亡国奴滋味的人纷纷沿着先人的足迹，流徙到了一江之隔的中国东北。其情其状，与九一八事变后东北民众纷纷涌向关内颇为相像。

在那一支支浩荡的逃亡队伍当中，不曾有李恩研的身影，或许他的家境还相对过得去，也或许他的父兄对生活的延续另有佳径。总之，如此天翻地覆的变化似乎并未对李恩研的成长造成重大影响，他还是按部就班地娶妻生子了。

突变发生在他 42 岁那年。

那一年，李恩研被当局指派为"随团技术员"，随一支已无从考证究竟为第几批的"开拓民"迢迢奔赴了中国东北，落脚到了辽河口

---

① 日韩合并：1910 年 8 月 22 日，日本强迫朝鲜签订《日韩合并条约》，朝鲜半岛自此成为日本的殖民地，直至 1945 年 9 月 2 日。

地区一个名叫"荣兴农村"的"安全农村"。这是整个伪满洲国的5个"安全农村"之一，也是时属伪奉天省营口市的唯一一个"拓殖样板村"，亦称"营口安全农村"，"开拓民"均为朝鲜移民。李恩研在那儿栖居了三年，直至1945年日本战败投降，伪满洲国垮台。

关于李恩研在这三年里的具体生活情形，他的次女李贤淑不大清楚，因为当年李贤淑姐弟7人还均未出生，在后来的成长过程中也不曾听父亲提及，或许他也曾讲过，只是并未被年龄尚轻的姐弟几人深刻记取。李恩研的韩国子女或许对此是有所了解的，揣测他当年定然曾频频写信回去，信中应或多或少地讲过他远在异国他乡的生活情状。然而，李贤淑并不曾有机会与和她同父异母的兄姊聊起过这个话题。

至于李恩研的职业，李贤淑只说是"看水的"，就是平日里"拎着一把铁锹在稻田里四处走"。"随团技术员"一词所胎带的专业性，由此被她轻飘飘地稀释了，转化成了一个貌似没啥技术含量的寻常职业，还使人随之在脑海里浮现出一个懈怠又散漫的农人身影。其实，"荣兴农村"的"随团技术员"就相当于1953年组建的国营荣兴农场的"看水员"，工作职责是时时关注一定面积内的每一块稻田的水量，根据经验判断何时该灌水、排水，并即刻落实。种了一辈子水稻的当地老农说："'看水的'干的全是技术员的活儿，那也确实是一个技术活儿。"

"荣兴农村"的所属耕地绝大多数都种植着水稻，水稻的生长虽然离不开水，却不是把水灌进田里就一劳永逸了，因为水稻在不同生长阶段对水量有着不同的严格要求，倘若灌排不够及时，水稻产量的高低就会立竿见影。加之早年还不曾对土地做过有效的平整工作，就使"每一块稻田的情况都不一样"，大多存在凹凸不平、渗漏水程度也不尽相同的状况，稻田里的水的排灌也就成了稻作流程中很重要的一个环节，并使"看水的"在任何一个稻作生产单位都有着很强的存在感。实际上称职的"看水的"可遇不可求，"当年各单位都抢哪"。

"看水的"或说"随团技术员"的这种历史性地位，使李恩研在当年应该颇受器重，由此可推测他的日常生活或许不会怎样令人为难，尽管他孤身一人。

无从得知李恩研在被指派之际得到了怎样的指示，能确定的是他应该认为这份外派工作不会持续很长时间，至少他本人未作长驻异乡的打算，以至于未曾携家带眷。这个在当时看起来或许颇为正常的决定，很可能令他悔恨了终生。

1945 年 8 月 15 日，随着日本无条件投降的消息传开来，"荣兴农村"及其周边的日本人一夜间跑了大半。十几年里陆续迁来的近 2 万名朝鲜移民，也在第一时间就开启了返乡之旅。

此时，李恩研也成了一支返乡队伍中的一员。他与他的同胞们一路向东，先抵达时称"安东"的丹东市，再过鸭绿江，以期登上朝鲜半岛，回到阔别几年乃至十几年的家乡，至少他们是这样打算的。然而，将这美好念头落到实处的只有幸运的极少一部分人，还大多是家在朝鲜半岛北部的那些人，因为当年的朝鲜半岛已被三八线分为了南北两半，且各有所属，使得家在南部即今韩国境内的移民纵然登上了朝鲜半岛，亦无法再前行半步，而均被断然遣返。

李恩研的家恰恰就在半岛南部。

也就是说，无论李恩研当年究竟有没有成功登上朝鲜新义州①的土地，他都注定无法实现回家的渴望。事实上，当 1945 年的冬天如期抵临之际，李恩研仍旧滞留在丹东，或许他仍在寻找机会再过江去，然而那样的机会始终未曾到来。

时至 1946 年开春，深深的失望或者说绝望已经使李恩研感到有了

---

① 新义州：朝鲜第四大城市，为平安北道的首府，地处中朝边境的鸭绿江南岸。

为自己谋份职业的必要，毕竟他得活着。于是在丹东之北的桓仁，在那个同样富有水田的所在，李恩研操起了旧业，再次干起了"看水的"营生。不久，他还在那里结识了一位新寡——小他 17 岁的全尚彩，并和她成了家。后来的事实表明，这种貌似骤然的对生活的重新措置，并不意味着李恩研难以回家的痛楚已经得到平复，而只是影射了他的绝望或许已越来越深地内缩到了心灵深处。

李恩研的再婚妻子全尚彩同样来自朝鲜半岛，不过那是爷爷辈儿的辗转跋涉，她本人出生于中国桓仁。嫁给李恩研时她 29 岁，已生养过 2 个孩子，并经历了 2 个孩子都先后夭折，继而丈夫也病逝了的沉痛打击。或许两个人的痛苦融合起来就会消弭些许，也或许两个人在眼见难以更改的现实面前，都已意识到接下来的岁月不管怎样也得有个人相伴，总之，两个同样遭了生活慢待，又说着同样语言的人，不知不觉就靠近了彼此，并落实了结伴余生的想法。他和她的组合，像水到渠成，也像同病相怜。

婚后不久，李恩研将全尚彩带回了"荣兴农村"。

此时的"荣兴农村"仍是朝鲜移民的聚居地，很多像李恩研一样没能如愿返回故土的朝鲜移民，在漂泊于东北各地或长或短的一段时日之后，也都像他一样地陆续回转来了，也许这里的稻田仍对这个习惯于"逐稻而居"的族群有着强劲的吸引力，也或许在此生活了几年或十几年的经验，已使他们对此地产生了相对亲熟的感觉，并深为倚重。无论如何，很多人都纷纷回来了。也有一部分人压根儿就没走，后面将要谈到的安允熙就是其中之一。

在旧日的住地，李恩研和全尚彩开启了新的生活。

维系生活的途径仍是水稻种植。

"荣兴农村"的所属土地及其周边所有稻田，在 1946 年 2 月均已由国民党政府接收，并开始筹建"盘山农场"，在一波三折的过程中，为免除荒芜起见，土地暂许个人自由耕种，收获后按一定比例与盘山农场分成。虽然旧年的灌溉设施已在"八一五"后损毁了大半，电力也尚未全面恢复，使得起耕、播种、灌溉等工作遇到了许多困难，但收成还是有的，这使李恩研夫妇的温饱不至于成为问题。

1948 年 11 月 2 日，东北全境解放，土地改革工作得以全面启动。可能由于有些文化，加之身为众多朝鲜移民中的一员，李恩研一度被吸纳为当地的土改组成员。

1949 年 10 月 1 日，中华人民共和国成立，李恩研由朝鲜移民过渡为新中国朝鲜族。与此同时，原"荣兴农村"的所属土地也由新组建的"荣兴自营农站"接管，生产模式大体如昨。

1953 年，辽河口地区的大片水田作业区，以及大片芦苇资源区受到了国家的高度重视，农业部于接下来的三年里在此相继组建了 15 个国营农场、2 个国营苇场，形成了一个著名的国营农场群。同年 6 月，"国营荣兴农场"于"荣兴自营农站"的基础上得以创建，成为这个国营农场群第一批成立的国营农场之一。自此，个体耕种模式被集体耕种模式所取代，李恩研及其同族大多被吸纳为了国营荣兴农场的职工，包括他的妻子全尚彩。

难以揣测这样的身份转变曾给李恩研带来怎样的心理震荡，想来在繁复的滋味过后，他总会深感踏实一些，或说踏实很多，毕竟他不再是这个国家的客居者，更不再是这片土地的"入殖者"了。"主人"的身份无疑会使他的心理变得安定得多，也"仗义"许多。

在国营荣兴农场，李恩研仍旧担当了看水员之职。

对于这份工作，李恩研应该是颇为胜任的，至少在访谈中未曾听过负面说法。不过，那也是自由度相对较高的一个工种，这使李恩研有了更多的喝酒时间。是的，在那些年里，李恩研始终都在喝酒，且是"喝大酒"。李贤淑说："朝鲜族男人大多能喝酒，也爱喝酒，我父亲还喝得特别厉害。"

喝了大酒，他会哭。

他总喝大酒，他就总哭。

在他和全尚彩的第一个孩子出生之后，这种状况曾令人惊喜地略有缓解。或许全尚彩想彻底消解他的悲伤，顺带着也化解自己的，并在刚出生的孩子身上看到了这种可能性，于是在接下来的十几年里，以两年一胎的紧凑频率，又接连为他生养了 6 个儿女。

然而，她的愿望并没能实现。

在人生的最末一段岁月，李恩研依然在喝大酒，他的恸哭也从不曾间断。恸哭之际，他并不会力求背人，而是无遮无掩：有时候正喝着酒呢，泪水就汪满了眼眶；有时候带着一身酒气回了家，抱起迎上来的哪个儿女就一通猛亲，一边亲，一边眼泪就疾疾地流下来了；还有的时候，他也会拉了全尚彩的手，就那么不言不语地面对面坐着，坐着坐着，他就忽然又号啕起来了……

李恩研的日月，一直这个样子地挨度着。

不过，这似乎并未影响他和全尚彩的夫妻感情，佐证在紧密出生的 7 个儿女之外，还有全尚彩对他的"好"：20 世纪 60 年代初的三年困难时期，李恩研一家人的日常食物是菜粥，也就是"往米里放些蔬菜熬成的粥"。全尚彩每每都会把尽可能多的米粒捞到李恩研的碗里，"她总怕他死去"；在李恩研到底死去之后，时年 44 岁的全尚彩也未曾再嫁，而是独自将几个孩子抚养成人了。

这样的结果或许缘于李恩研在其他方面的表现还是不错的，至少"他不是大男子主义"。朝鲜族男人以大男子主义著称于东北，就像朝鲜族妇女以勤劳为世人称道一样。不过李恩研是个例外。李贤淑说，在他活着的岁月里，无论头天晚上喝了多少酒，他也几乎每天早晨都会先行起身，下厨扒灶取灰，再烧热一锅洗脸水，盛到洗脸盆里了，才会将全尚彩轻轻唤醒，并协助她一起掂掇早饭。

全尚彩对李恩研一直以来的死的担忧，也并非空穴来风。

李恩研原本是一个"可高可壮"的人，约略从1955年起，他就日益羸弱起来了，到他去世的前一年已经"瘦得不成样子"。这一缓慢的过程，似乎就被全尚彩视作了"他正在死去"的一个揪心的过程。也或许，全尚彩的内心比"揪心"还要复杂得多，也疼痛得多，如果她也曾不由自主地做出过类似的设问：我，以及我们的7个儿女对你的爱、需要与依赖，难道还不能让你更加热爱生活并珍重自己吗？

无论如何，李恩研早早地走了，终年只有61岁。

李恩研的病始终也没能确诊，只被李贤淑大略估计为"喝大酒喝的"。他的一生，也被乡人做出了这样简略的概括："他后来死于喝酒。"

全尚彩以及7个未成年的儿女，由此被他再度撂下了。

抛妻弃子，在李恩研的生命中上演了两次。

哪一次事到临头，他都无能为力，无可奈何。

他在韩国庆尚北道的儿女有几个？

不得而知。

在李恩研去世30多个春秋之后，确切说是在1992年中韩建交之后，李贤淑姐弟就开始频繁地往返于韩国。早在1993年第一次在汉城（今首尔）下了飞机，李贤淑就曾根据李恩研留下的家乡地址，第一时间按图索骥地找了去，也果真找到了，只是并没能像她预想的那样与"亲人"抱头痛哭——

那头儿的老一辈也都已不在了，人家的后代就不大认咱，可能担心咱分家产啥的呗，其实咱没那想法。不过那时候咱正穷着，中国也正穷着，穷得全世界都知道，也不怪人家那么想吧……啥家常嗑儿也没唠，只尽快地打了个转，看了看祖屋的房前房后，望了望祖籍地的远山近水，代我爹再看一眼家乡，也算圆了他的遗愿了。打那儿之后，就再没去过了……韩国是常去的，但再没去过父亲的老家。

李贤淑的那次短暂逗留，就成了李恩研与故土的最后联络。

李恩研会说三国语言：韩语、汉语、日语，样样说得流利；还写得一手好字，个个都是繁体字。纵然如此，在李贤淑的记忆里，他的生命基调也是晦暗的，隐痛的，哀伤的。对于此，李恩研若泉下有知，或许会怀些许歉意，却也同样会深感无能为力，无可奈何——因为那一切都并非他的主意，也全不由他做主。

2. 从"流民""难民"到"开拓民"

如今栖居于辽河口地区的朝鲜族，其先辈大多有着与李恩研一样的身份，即"朝鲜移民"，或说"朝鲜开拓民"；也大多有着与李恩研相似的经历，即远离故土，继而故土难回，最终入籍中国，由"朝鲜人"蜕变为中国 55 个少数民族中的"朝鲜族"。

对任何一个家族而言，这无疑都是一个重大的历史性拐点事件，由此揣测今天的朝鲜族应该会对这一事件的时代背景有一定程度的了解。然而事实并非如此。事实上，在访谈的 100 多位朝鲜族人员中，多数人对自己的父辈缘何进行了那场跨国迁徙都语焉不详，又往往不以为意，谈及此事，常常只会得到一句淡淡的回应："那都是多少年前的事了，哪还知道啊。"

一度以为他们是知而不言，鉴于那场迁徙饱含着屈辱，并致其先辈一度身份尴尬。不过在随后得到一个令人惊喜的回应之际，就悄悄把这种揣测给否了——

历史上都是日本人欺负朝鲜人，我们祖一辈儿受日本人太虐待，在朝鲜（半岛）没法生活了，就跑来中国了！还有的是被日本人强迫来的，来这儿给他们种稻子！

此说虽然笼统，却也是访谈中听到的最为接近历史真相的描述了。而且显然，78 岁的言者陈守判并未忌讳其中的"屈辱"及"尴尬"，他甚至还强调了这种记忆的必要性——

　　具体情况我不大清楚，但总归是这回事！也正因为这个，我们朝鲜族比你们汉族还反感日本人哪！

　　陈守判个头儿不高，脸膛黑红，头上的那顶炭灰色礼帽使他在同村族人中颇为显眼。实际上在他应约到来之前，村人就已经含糊地介绍过他了，并涉及了他的父亲："老陈好使，在这一片铲得硬，跟他爹一样"。从族人脸上展布开的内容繁复的笑纹来看，此语虽貌似微辞，却不见得就含了恶意，反倒像藏了更多钦羡。

　　那天傍晚临别时，陈守判说："我中午喝酒了，话有点儿多……我天天都喝酒，一天三顿。"攀谈期间，他还曾说："我快 80 岁了，我也是地道中国人，在中国出生的，你别以为咋回事呢……我是朝鲜移民第二代，我父亲的故乡在韩国。"

　　通过陈守判的追述可知，他的父亲陈智宇在 1919 年左右来到了中国东北，时年 20 岁出头，原因亦如陈守判所言：在朝鲜半岛"活不下去了，被日本人苛待得不像样子"。陈智宇是涉江过来的，与四五个和他一样"想讨个活路"的村人一起。

　　朝鲜半岛与中国东北有着连山带水的地缘——以长白山相连，以鸭绿江、图们江相系。每年秋季的水瘦时节，两江的部分河段均可以涉水而过，冬季里还有长达近百天的结冰期，届时人行河上如履平川，甚至一度可以纵马驰骋。这使人在两地间的往返颇为便利，源自民间的自发性人员流动早在清代就有发生，且屡禁不止而延至民国。其情其状，与中国民众由关内向关外的流动颇为相似，而且双方在那个历史阶段也都有一个民间的俗称即"流民"。在生存面前，普天之下的平头百姓似乎会忽略所有的边界，无论是"国界"，还是"封禁"之界。

　　在中国东北，陈智宇以佃农的身份维系生活，初期在辽宁省的铁岭、开原等地，后来辗转到黑龙江省海林县，机缘巧合地娶了当地一位先期朝鲜移民的次女为妻，并在那儿定居下来。

当年东北许多自然条件适宜的地方都在进行水稻种植，海林县也是如此，朝鲜移民因其世人皆知的稻作技艺而不难被当地人雇用，这使双方完全可以在互帮互助至少是各取所需中融洽度日。然而，事实偏偏生出许多惆怅，因为那时早有日本人插足进来，以侵占土地、占用水渠等种种伎俩，频频在中朝两者间挑唆挑拨，致使双方积怨日增。这种伎俩在1910年"日韩合并"后被更加别有用心地周密施行，直到1945年日本战败投降。

这样的事实，被陈守判以颇为朴素的话语给予了表述——

日本人故意让咱们闹矛盾，主要手段就是处处给朝鲜人撑口袋，平常也格外给点儿照顾，比如日本人吃大米，朝鲜人吃小米，你们汉族人只能吃高粱米。反正是把朝鲜人举为了"二等公民"，仅次于日本人。这样一弄就使你们汉族人对朝鲜人挺烦，那时候叫我们"二鬼子"嘛……其实日本人的意思明摆着哪，就是不让咱们团结，害怕咱们联合起来反对它。日本人快倒台的时候还这么干呢！那时候从荣兴到田庄台有一条小毛毛道，走这条道去田庄台能比走别的道近点儿，路况也更好，日本人就不让你们汉族人走，说那是朝鲜"开拓民"的专用道！你就说他们有多缺德吧，连道路都给分了三六九等！

大体上说，陈智宇在中国东北的生活还是相对稳定的，直到1931年九一八事变爆发。自那之后，陈智宇以及和他一样的朝鲜流民，就与广大东北民众一样，受到了天翻地覆之变局的严重冲击，大多都不得不离开了栖居多年之地，开始了动荡时局中的四处流浪。

陈智宇一家由黑龙江逐步赶到了吉林，又由吉林赶到了辽宁，最终跑到了安东（今丹东）。据说一家人是"昼伏夜行地赶路"，过程中曾很快发现"中国人的坟茔地"是相对"安全"的所在，就常常地躲在那里："那阵儿顾不上害怕，况且外头比坟地更乱糟。"

从流浪的路线来推测，陈智宇当年应该是打算返回朝鲜半岛的，不过在安东遇到了同乡，获知老家仍然一如既往地没法指望，就在安东逗留了下来。过了些时日，一家人就被日本人找上头来，以"朝鲜难民"之名，被"统制"到了"荣兴农村"。

初到"荣兴农村"，从"流民"过渡到"难民"的陈智宇，眼里满是荒凉。陈守判说——

小时候听我父亲说过，他刚来的时候这一片只有稀稀拉拉的不多几处房子，没遮没拦地散落在荒草甸子上，烟筒看不见有冒烟的，房前屋后更是看不见鸡鸭。旁边就是辽河，也就是现在叫大辽河的那条河，那阵儿河边上还全是芦苇，刚蹿出来半尺多长，笔直笔直的，像一丛丛小箭头那样竖立着。

那是在1933年。"半尺多长"的芦苇，表明时节正值春末夏初。由此可以推断，陈智宇一家是"荣兴农村"的第一批或第三批移民，到达日期要么在1933年5月1日，要么在5月6日。

1933年"荣兴农村"总共入殖了10批朝鲜移民：5月移来6批，分别在1日、3日、6日、9日、15日、20日；6月移来3批，分别在6日、16日、29日；9月移来了第10批，于11日抵达。这10批移民总计668户3240人。其中前9批的628户3059人，均为流落在沈阳、抚顺、丹东、辽阳、营口等中国东北各地的朝鲜流民，他们在九一八事变后被称为"难民"，被朝鲜国内的各界人士呼吁救助，继而被日本当局借机"统制"。这些"难民"当中，只有第一批和第三批来自时称"安东"的丹东。[①] 由此推断陈智宇一家抵达于1933年5月1日或5月6日。

这个如此具体的推断让陈守判激动不已："太感谢你们了！真的，

---

① 李冬雪著：《日伪时期朝鲜移民"安全农村"研究》，2020年5月，第31-34页。

太感谢了！我可以这么告诉我儿子和孙子啦！"

1933 年 5 月的"荣兴农村"，才刚刚开始筹建。

日本当局对朝鲜"难民"的"统制"之术，主要是将其集中安置到"安全农村"或"集团部落"。若单从功能上来看，"安全农村"与"集团部落"是一回事，都是日、朝主张建设并期待具有恒久性效用的朝鲜移民在中国东北的聚居地，或者说事实上的"集中营"；两者的性质也是一样的，均属殖民者宣扬并美化其殖民行径的一种手段，更是将殖民者集于一身的侵略者在伪满洲国立足未稳之际，在中朝两国人民的抗日行动风起云涌之时，所谋划出来的以"归屯并户""坚壁清野"之举措实现"匪民分离"，从而孤立抗日队伍的狡猾招数，借此完全断绝了在"满"朝鲜移民为当地中国人及朝鲜人的抗日游击队伍提供补给和通风报信的可能。鉴于当年如火如荼的抗日形势，各"安全农村"与"集团部落"在创建之初还大多配备了警备人员，对外宣称是以此"自卫"，故而两者也都有着"自治农村"之谓。

从相同的性质及其功能来看，完全可以将"安全农村"纳入"集团部落"的范畴当中。不过，"安全农村"与"集团部落"的差别也是显而易见的，主要有三：一是在建设与经营主体上有所不同。"安全农村"由朝鲜总督府投资，由"东亚劝业株式会社①"代为建设与经营；"集团部落"的建设与经营主体则在朝鲜总督府委托的"东洋拓殖株式会社②"之外，

---

① 东亚劝业株式会社：简称"东劝"，为日本在中国东北设立的殖民侵略机构，在日本对东北的移民侵略和土地掠夺中发挥了重要作用。伪满期间，该会社先是积极配合日本驻朝鲜总督府，在东北设立"安全农村"，后又追随"关东军"，在东北地区掠夺土地，作为日本武装移民的预留地。伪满中期解体，关于朝鲜移民的土地业务移交"满鲜拓殖会社"，日本移民的土地业务转归"满洲拓殖会社"。

② 东洋拓殖株式会社：简称"东拓"，1908 年根据"东拓法"成立，名义上由大韩帝国政府和日韩民间资本共同出资设立。实际上日本皇室拥有该公司股份，第一任总裁为日本陆军中将。

还有朝鲜人民会^①及朝鲜人个人。二是在创建地点上有所不同。"安全农村"建设在"南、北满"更为紧要的地点，"集团部落"则最早建在"间岛"等东边道地区，随后遍布了整个东北。三是在数量上存有显著差异。"安全农村"在整个伪满洲国只有5个，"集团部落"则多达1万多个。

也因此，更确切的说法依然是"安全农村"是"集团部落"的"典型"与"范本"，它也确实还有"模范农村""理想农村"等称谓，更受殖民者倚重与推崇。

"安全农村"的选址也受到了殖民者的格外重视：为能最大程度地"发挥"朝鲜人特长，使其种出尽可能多的水稻，而将"理想地域"指定在了"满洲"的大小江河之畔，既要有丰沛的灌溉水源，又要有足够扩充的土地资源；为使每年所产的稻米能够迅速转运到日本本土及"关东军"在中国各地的驻地，还要求这地点务必交通便利，或邻水路要道，或在铁路沿线。在一番全面而周密的考察之后，在全"满"择定了5个"理想之地"，由此创建了5个"安全农村"，为"铁岭安全农村""河东安全农村""营口安全农村""绥化安全农村""三源浦安全农村"。

"营口安全农村"即落实在今属辽宁省盘锦市的辽河口地区，因这一带在1932年隶属伪奉天省营口县而得名。

"营口安全农村"的勘测与设计始于1933年3月。

勘测队由朝鲜总督府派出，为一支由30多个日本技术员组成的队伍。进驻后即兵分三路，分头对这一区域的土地面积、土地盐碱含量、地势坡高、辽河水量、潮汐落差、气象、电力等进行了调查与勘测，并据此绘制了"营口安全农村"的建设规划图。鉴于当时此地义勇军的抗日活动正风起云涌，每路勘测队都配有一支来自大石桥守备队的

_____

① 朝鲜人民会：全称"全满朝鲜人民联合会"，是在"满"朝鲜人的亲日团体。

荷枪实弹的日本兵昼夜护卫。勘测工作就在这种紧张的空气中持续了一个多月。

1933 年 6 月 1 日，"营口安全农村"举行了"地基奠定祭"。

1933 年 6 月 11 日，"营口安全农村"正式破土动工。

施工主体为中国人，一部分是在当地强行抓来的工夫，另一部分是从关内山东、河北等地骗雇而来的劳工。以紧凑的节奏被先行"统制"过来的朝鲜"难民"，也全部参与了建设。不过，为了彰显对被宣扬为"日本国臣民"的朝鲜人的"优遇"，尤其为了制造中朝双方的矛盾，殖民者一如既往地表示了对朝鲜人的"照顾"，通常会指派其充当"监工""采买"等职，或者将其安插到伙房等后勤部门。无论如何，每个朝鲜"难民"都得出力，唯如此才能换来一家老小日复一日的口粮。

陈守判说——

我父亲被派为"监工"，就是指挥人们干活的，一个"监工"负责几十号人。我父亲说在那种情境下干活没法偷懒，"监工"紧盯着劳工，日本人紧盯着"监工"。干起活来都是一个撵一个，一条龙似的，哪个环节稍慢一点儿立马就能被发现……幸而那时候还没有我哪，我是 1945 年才出生的！

"营口安全农村"的整体形状颇似一把打开来的折扇——

"扇钉"是总部所在地"中央区"，被规划在了辽河（今大辽河）之畔。区内首先建起了主管一切的"事物所"，继而建了 16 栋住宅，之后在建筑群外围筑起一圈又高又阔的围墙，墙外掘了一道深壕，趁辽河尚未结冰之际将其蓄水灌满，作为了城壕。区内预留了充足的扩建空间，随后几年又紧锣密鼓地增建了邮局、学校、医院、商店、神社、升旗台等建筑，使之很快就五脏俱全。到 1942 年之际，仅住宅就已扩展到百余栋，"像火柴盒似的排列着"。作为总部的"中央区"大门南开，两侧各有一个坚实的高大门垛。在更名为"荣兴农村"之后，"中央区"

也被人俗称为"荣兴大衙门"。

"扇骨"是从"扇钉"即"中央区"辐射开去的7条道路,称"警备道"。每一条道路两旁都错落规划了至少1个"部落",多至4个。那是为朝鲜"难民"建设的聚居区,意同"村庄",以数字排序,以"区"命名,从"第一区"一直排到"第十二区"。不过在后来的岁月里,统统被当地人俗称为了"号",从"1号"一直叫到"12号"。另外还有一个部落,未曾以数字排序,而是命名为了"南区",它也确实地处"中央区"南8公里处。

各"号"的具体位置时下仍可追溯:从"中央区"沿辽河南向延伸的"警备道"旁,由近及远依次是"3号""2号""1号""南区";从"中央区"向西南延伸的"警备道"旁,有"12号";从"中央区"向西延伸的"警备道"旁,由近及远依次是"8号""11号";从"中央区"向西北延伸的"警备道"旁,有"10号";在更偏向西北一点的"警备道"旁,有"7号";从"中央区"北向延伸的"警备道"旁,由近及远为"4号""6号",从"6号"向里又斜岔出一条"警备道",道旁是"7号"。"4号""6号"紧邻着的"警备道"刚好也与通往"南区"的"警备道"隔"中央区"相连,成为一条接近直线的道路。

各部落都建筑了数量不等的住宅,具体多少按施耕面积来定。其中"3号""4号""5号""6号""7号""8号""11号"和"南区",各建了15栋;"10号"建了17栋;"2号"建了20栋;"9号"建了22栋;"1号"建了25栋;"12号"最多,建了30栋。

"扇骨"与"扇骨"之间的"扇面"部分,就是一块块耕地了,都在有限的时间内被尽可能地平整了,并建设了基础的灌排水线。这就是大量的土方工程了,其中上水干线37.8万立方米、上水支线14.5万立方米,排水干线4.4万立方米、排水支线7.8万立方米。另外,还有导水路0.6万立方米,以及必需的防潮堤9.4万立方米……工程之艰之巨，劳工之疲之累，可以想象。

1933 年 11 月，"营口安全农村"完工。

确切地说，只是告一段落，因为这并非规划上的圆满收官，而是地将冻、河欲封的无奈停工，更是被过分奴役了整整 5 个月的中国劳工已因疲病倒下了大半，以及越到后来越不得不承受了同样沉重劳役的朝鲜"难民"的怨声载道的不得已收场。

建设伊始，部分朝鲜"难民"被分散到了已遭驱逐的当地中国人遗留下来的房子里，另一部分则与数不尽的中国劳工一样，栖身于仓促搭建起来的席棚子里。之后，随着各部落的渐次建成，朝鲜"难民"被陆续地分头安置进去。陈智宇一家被分配到了 8 号部落，入住了前排紧靠西侧的一栋房子，"各排紧靠西侧的房子只住 2 户人家，其余的都住 4 户"。

各部落的房屋多为土木结构，有平顶、尖顶两种，平顶以芦苇扎把子抹泥，尖顶以芦苇苫盖。房墙砌筑在至少深达 1 米的地基之上，方式有两种：一种是"缧大眼儿"，即用芦苇扎成纲状，再于两面抹泥；另一种为数更多，是用草垡子垒的。

"草垡子"的模样就像土坯，四棱长方。由于是退海之地，土地斥卤，那些年间辽河口地区很难长出大树、高草，而多是低矮的蒿草，形成荒草甸子。深秋时候，人们会将荒草割尽做柴，或者就地烧荒，然后用一种特制的铁锹称为"垡锹"的，在地面上切割，将草皮割成统一规格的长方体，再以二齿钩子等工具将其一块块钩起，因有厚密的草根在泥土里盘根错节地紧密勾扯，钩起时并不会散落，待晾晒干透后，就成了非常结实的草垡子。

草垡子相当于天然的土坯，除了割垡子时需要消耗一定体力外再无成本，是辽河口一带居民惯用的一种建筑材料。以草垡子砌筑的房子俗称"垡子房"，在这一带有着悠久历史，明代的卫戍附属设施比如烽火台上的更房，以及驿递设施比如驿站里的马圈及围墙等，就多是这种建筑。

堡子房冬暖夏凉。这样的属性应该能让陈智宇心头的荒凉感略为削减，或许还会生出些许欢喜——在天气已持续渐冷的时节，到底拥有了自己的"家"是一件多么好的事呀！尽管那"家"还很简陋，室内毫无裱糊装饰，却也毕竟有一个栖身之所了。

无论如何，在1933年底，陈智宇以及与他一样的朝鲜移民，完成了从"流民"向"难民"的过渡，并以被"统制"到"营口安全农村"为标志，被定格在了"开拓民"的身份上。自此，他们就蜗居在分配给自己的堡子房里，开始努力打点起各自的生活来。多年之后，陈智宇曾向他的老儿子陈守判透露说，那一年的冬季特别漫长，各部落的朝鲜"开拓民"的日子也过得"十分苦寒"，以至于不得不接受"营口邦人"捐献的旧衣物，还有孩子们用的纸墨铅笔……

无论如何，在1933年底，在那柄于广袤的辽河口地区打开来的"折扇"上，在那些错落点缀在"扇骨"之侧的各个部落里，已越来越多地飘起了一柱柱袅袅的炊烟，随着越来越凛冽的西北风零乱地飘往东南。东南是宽阔的辽河，此时的水流已很缓很缓且越来越缓，像怀着越来越深的迟疑，也像对前方的入海口怀着越来越深的疑惧……

3. 从"灾民""穷民"到"开拓民"

在规划之际，"营口安全农村"的预定规模是收容 1000 户 5000 人。创建当年即 1933 年就集中过来 668 户 3240 人的"成绩"，令朝鲜总督府不由得怀疑先前的规划或许过于保守了。尤其是此番"统制"的大多数都是在九一八事变之前就已移居中国东北的朝鲜人，仅有一小部分即第十批移入的 40 户 181 人，是从朝鲜国内新移来的。

这样的状况并不能令人满意。

在 1910 年"日韩合并"之后，朝鲜半岛就陆续移入了越来越多的日本人，并成了其资本的持续侵蚀之地。到 1931 年九一八事变爆发，在殖民统治中挨延了近 20 年的朝鲜农民已绝大部分沦为了百分之百的"穷民"，致使朝鲜国内民族矛盾日趋激化，反日运动此起彼伏。这样的局面，使朝鲜总督府将九一八事变视为了天赐良机，将移民中国东北视为化解国内危机的最佳方案，并于事变后第一时间就悄然拟妥了移民计划：每年向"满洲"移民 2 万户 10 万人，15 年内移民"满洲"30万户 150 万人。奈何此时的日本政府，尤其是实际掌控了"满洲"的"关东军"并不赞成这一计划，因为"满洲"早已被日本视为其本土子民的移住之地。

在日本人的语境中被称为"满洲"的中国东北，素来是日本人深深觊觎的一块"肥肉"。九一八事变固然窝藏着日本人的诸多动机，但侵吞"满洲"这块沃壤却是其最重要且顶具驱动力的目的之一，也果真使之将这块"肥肉"热乎乎地吞进了肚里，可谓达成了多年夙愿。

日本向"满洲"移民的狂潮随即掀起，并被举为事关本国政治、军事、经济之三大根本的"国策"。在其看来，与日本"风物相近"的"满洲"已堪称日本人在"现代地球上最有力的移住地"，也是唯一一块可一劳永逸地解救自身之"土地饥饿"的"理想之地"，唯有移民"满洲"，才能把本国越来越多的陷于贫困泥淖的农村子弟拎将出来，从而淡薄日益蒸腾的社会怨气，消解日趋激化的社会矛盾。同时，还可为其将来对付苏联打下扎实的人力、物力基础。总之，日本子民必须被日本政府尽速尽多地殖入"满洲"，并"应该根深蒂固地，坚强地在'满洲'生活"，从而使"满洲国"成为以大和民族为核心的"五族协和"之"国度"。

对移民计划的讨论也在紧锣密鼓地进行着，自1932年初就相继推出了关于"移民用地""经营方针""产业经费"等多个"要纲"及"方策案"，且炮制了移民的阶段性目标：5年内殖入"武装移民"1万户，15年内殖入"普通移民"10万户，并在1932年9月就将其付诸了实际行动。基于此，日本政府及关东军很难热衷于朝鲜总督府拟就的将朝鲜人移民"满洲"的计划，尤其是"关东军"。

"关东军"习惯于将朝鲜人称为"穷民"，并认为朝鲜"穷民"在很大程度上对日本"怀有恶意"，其中很多人堪称"赤化的祸根"和"反日的先锋"，倘若将他们大批殖入立足尚未稳固的"满洲国"，无疑会对其"社会治安"及经济发展产生不可预估的负面影响。而且，朝鲜"穷民"别无所长，唯独极擅稻作，日本农民又恰恰也以稻作见长，那么朝鲜"穷民"倘若大量移住"满洲"，就会成为日本本土移民强有力的竞争对手，也必然减少日本本土移民在"满洲"的迁入地范围，进而给日本移民"满洲"的"事业"带来严重的威胁与障碍。

面对"关东军"的消极态度，朝鲜总督府"据理力争"，核心论调是朝鲜人早自 1910 年"日韩合并"起就已成了"日本国臣民",而且朝鲜人所擅长的稻作技术也完全可以助力本国开垦"满蒙"处女地,特别是能够为他们提供更多的稻米,所以无论如何也应将朝鲜人纳入日本的移民政策当中,并受到日本政府的同等重视。

朝鲜总督府是日本统治朝鲜殖民地的傀儡政府,总督一职素由日本人担任,其利益诉求与关东军在根本上是一致的。尽管如此,却也毕竟是各负一摊之责、各盼一方之"兴",利益分歧仍然存在。

已将移民"满洲"视为稳固自己殖民统治的朝鲜总督府,并不曾遇挫即回,而是在"据此力争"之余也不断"示好"又"示弱",表示自己会对所移之民做出审慎筛选,会将有懒惰、赌博等恶习以及有负债的人,尤其是对日本"怀有恶意"的人统统清除出去,确保移入之民不会给日本对"满洲"的殖民统治添乱添堵。

与此同时,中国东北的日本"满铁"等机构由于扩建铁路及发展业务等需要,已对劳动力呈现了越来越旺盛的需求,而中国东北的本土劳力及关内劳力都严重不足,这些机构便也在盼望并力促朝鲜移民的到来。更重要的一点是,日本本土移民的实施不是很顺利,并未能如人所愿地呈现万众响应的热烈态势,阶段性目标已显现了很难如期足额实现的苗头。

如此种种现实因素叠加到一起,使"关东军"感到对朝鲜移民的顾虑有了克服的必要,进而缓和了最初的坚拒态度,于 1932 年底制定了《朝鲜移住民处理要纲》,使"安全农村""集团部落"等"统制"朝鲜移民的设施得以陆续创建。不过《要纲》也明确指出,1934 年前将集中安置已经在"满"的朝鲜人,1935 年起才能进行新的入殖。

这样的限定自然同样令人不满,朝鲜总督府却不曾为此再费口舌,而是使一个美丽的"谣言"以风一般的速度,在朝鲜半岛迅速传布开去,大意是刚刚被日本侵吞的"满洲"是一块"流金吐蜜"的"新天地",

有广袤的沃土，有无数的机会，就连远在"天南"的台湾人都争先恐后地赶过去了，去创业去发财了……这种传播取得了遂人心愿的良好效果，使朝鲜人移民"满洲"的行为一时之间形成一股"热潮"，使"关东军"的移民延迟计划沦为了事实上的纸面文章，而且因其全属民间"自发"行为，朝鲜总督府对此也是"无可奈何"。

资料显示，在九一八事变后的最初两年，"自发""自由"迁入"满洲"的朝鲜人平均每年多达五六万人。朝鲜民众之所以对朝鲜总督府的移民计划如此"捧场"，绝大部分根源于"穷"。

作为一种对人的生存状态的描述，"穷"多指物质上的匮乏。导致穷的因素很多，摆脱穷的途径也挺纷繁，其中较传统的一条就是迁徙，即所谓"人挪活，树挪死"。也恰恰因此，朝鲜人向中国东北的流动早已延续了很长一个历史时期。"满铁"等日本的很多机构都曾对九一八事变之前就移来中国东北的朝鲜移民数量做过统计，得出的结果是参差的，其中最保守的说法是有 60 余万之众。

这也不见得就是最靠谱的数据。实际上并无从统计出最符合历史真实的精确数据，因为很多时候很多人的流动都是采用了"偷渡"之法，尤其还保持了鲜明的季节性特点，即春来秋返，一劳永逸地长驻中国东北的朝鲜移民只是一部分。然而这仍然佐证了人们对"人挪活"这个脱穷法则的普遍奉行，且不论其是否总是奏效。

此时在"谣言"鼓动下再度掀起的移民"热潮"，除去个别分外"机灵"的人是怀揣"淘金"梦想之外，绝大部分被日本人称为"穷民"的人，依然仅仅是抱着求生求存的单纯愿望，且为数甚众。

对此，"关东军"睁一只眼，闭一只眼。

急于甩包袱的朝鲜总督府则还在此"成绩"之外，很快就得到了"天佑"，从而在关东军给定的"新入殖"期限之前的 1934 年，就得以大张旗鼓地推动其移民"事业"了。

1934 年，朝鲜庆尚北道等南部地区在短时间内遭到了强降雨袭击，导致洪水泛滥，大量民房被毁，良田被淹，无数人丧失家园，无以为生。此情此景，令朝鲜总督府迅速意识到这是又一个"天赐良机"，便火速将受灾民众集中起来，分期分批地将其全部移植到了中国东北，其中大部分被安插到了"营口安全农村"，总数达 560 户 2912 人。

这是一项"了不起"的"成就"，使"营口安全农村"的朝鲜移民纵然已因"退村""逃村"以及死亡等因素而损失了部分人口，却依然在 1934 年年底就达到了 1036 户 5102 人，一举突破了收容 1000 户 5000 人的原定计划。这令朝鲜总督府倍感欣喜，继而于 1935 年就兴奋地开启了"营口安全农村"的扩建工程。

接下来的两年里，又有 13 个部落相继出笼，被统称为"第二农村"。先期建成的 14 个部落，被统称为了"第一农村"。也就是说，时至 1937 年，"营口安全农村"已经扩展为 27 个部落，分属"第一农村"和"第二农村"，这也是它的最终规模与格局。

1937 年年底，在全"满"范围内的行政区划大调整中，"营口安全农村"的所属由原来的伪奉天省营口县，改为伪锦州省盘山县，并自此更名为了"荣兴农村"。

"荣兴农村"的"第二农村"地处"第一农村"以西，道路和部落的布置均与"第一农村"相类，不过除了"总部"仿效"中央区"被定名为"西中央区"之外，其余各部落均未像先前那样以数字排序、以"区"命名，而是沿用了当地中国人的旧称，分别为"斗沟子""有雁沟""双井子""大井子""平安河""小盐滩"等。

事情之所以如此，或许在"第二农村"的建设相对潦草之外，还因它的各部落也含纳了部分中国农户。那是一些因"营口安全农村"的创建而被强行"收购"了土地、房屋的当地原住民，虽遭了驱逐却并未随大流儿地背井离乡，而只是远遁到更加荒僻也更加贫瘠的近海之地另起了炉灶，他们不曾料到"营口安全农村"的触角会紧攥着伸延过来。

27个部落的体量和1000多户的移民数量，使"荣兴农村"的规模得以位居全"满"5个"安全农村"之首。此后，随着移民的持续增加，这一"殊荣"得到了保持。到1945年日本投降之际，"荣兴农村"已"统制"了2000多户1万多人。

不过，并没有证据表明，"荣兴农村"紧急扩建的13个部落属于"应运而生""顺势而为"的适时增添，反倒更像是"先筑巢，后引鸟"的牵强操作，至少"有雁沟"如此。当年居于有雁沟的原住民马姥姥说——

从部落建成到日本人倒国，八九年里咱这儿统共也没住进多少户朝鲜人家，住进来的也像走马灯似的随来随走，住得长远的很少……日子过得累呀！那年月咱们都够穷的了，可他们比咱们还穷哪！

实际上，朝鲜总督府在1934年进行的对"灾民"的集体迁徙，拉开了朝鲜民众被有组织、成批次地移民"满洲"的历史性序幕。接下来的10年间，朝鲜总督府也一直致力于此，从而使更多"灾民"，以及不断衍生的"穷民"，都被大批量地移来了"满洲"。

如果说九一八事变之前的朝鲜移民行为基本属于"自发"，九一八事变后最初几年里的移民行为也大多可勉强归属于"自愿"，那么越往后来，这种行为所含蕴的被动性质就越发浓厚了，并最终演化为了彻头彻尾的强迫。

之所以将这里的"自愿"定性为"勉强"，在于它往往建立在诱骗的基础之上，使朝鲜民众的跨国流动貌似"自愿"，实则"被骗"。这种性质的移民，几乎贯穿了日伪时期的整个朝鲜移民进程，只不过前后期存在着程度上的差异。尤为令人感慨的是，直到今时今日，当年的朝鲜移民本人也仍会认为自己是"自愿"的，安允熙就是如此。

安允熙1932年生于朝鲜平安北道，9岁那年即1941年随家人来到了"荣兴农村"，被分配到"第二农村"，落脚在一个名叫"大井子"的部落里。她说——

我家有7口人，4个男孩，1个女孩，女孩就是我，加上父母，总共7口人，都过来了……我家不是被强迫的，是自愿的，当时有政府的人来村里招工，说到"满洲"去吧，去种地，"满洲"有很多地，还特别肥沃，种了就是自己的。我父亲听了，就报名了。

我们那个村子在山区，很小，只有十几户人家，耕地也很少。我父亲说早年还行，从"日韩合并"后就一年不如一年，到后来家家都吃不饱，我们就全村都过来了，都寻思过来讨个好生活……政府没有给我们拿路费，家家都是自己凑钱的。出来时我们只带了行李，也没啥可带的，家家都太穷了。

从朝鲜出来先坐船，过了鸭绿江再坐火车，下了火车我们这十几户人家就分散开了，不知道别人家被分到了哪里，此后再没见过。我们一家被带到了大井子，当天就分了房子，是一栋草房，起脊的，屋里有做饭的锅，也有几个盆碗。还有一袋小米，还有一点儿盐，都摆在里屋的地上……屋子只有一间卧室，一间厨房，"里屋"是指卧室。没有邻居，我们自己家住一栋房子。房子也是新盖的，垡子房，屋里的墙皮都还没抹泥呢。

我们是那年开春来的，到这儿就开始种地。这个时候我父亲才傻眼了，因为那地根本不像政府说的那么肥沃，而全是盐碱地，连蔬菜都长不了。我们在老家的时候，家家都有个小园子，能吃点儿自己种的小葱小蒜和韭菜啥的，到这儿之后就完全吃不着菜了，连个菜叶都淘弄不着。一家人7张嘴，就那么端着空饭碗，把我母亲愁得没法儿的，但是这时候想回去也回不去了……

总之，自1934年起屡次迁来的"灾民"，都被朝鲜总督府划为了"自愿"之列，哪怕那显然就是一种变相的"被迫"，毕竟在被移民"满洲"之际，当局并不曾给他们提供可资选择的另一条出路。

纯粹的强迫性移民，大多发生在 1937 年之后。

1937 年七七事变，日本发动全面侵华战争，中国抗日战争全面爆发。战事的骤然升级令关东军摩拳擦掌，却也同时坐立不安，深知自己的弹丸小国难以支撑如此大规模的战争，"流金吐蜜"的"满洲"由此被其更加视为了自己的"续命"之根基。而如果要将"满洲"尽速建设为征服全中国的物资补给基地，显然需要大量的廉价劳动力，原本不受欢迎的朝鲜移民，由此受到了鼓励和鼓动。

与此同时，另一种需要也已显现。

1936 年，日本移民"满洲"的"国策"被扩展到了一个更"宏伟的目标"：20 年内，也就是到 1956 年之时，要移往"满洲"100 万户500 万日本本土移民，并制定了阶段性的"五年计划"，1937 年恰恰就是"第一个五年计划"的开局之年。

然而当这一年过半之际，这项移民"事业"就已显现了颓势，要么是移民数量难以足额，要么是移民素质难以达标，以至于虽被千辛万苦地移了过来，却又有很多人因受不了那种艰苦等种种因素，而自顾自地扭头跑掉了，使得"满洲"的大量"开拓用地"无人耕种。

残酷的现实，使"关东军"感觉到务必要给日本本土移民增加帮手，便急欲以朝鲜移民作为其佃农，尤其是在那些自然条件相对糟糕以至于日本本土移民绝无可能适应的土地上，毕竟朝鲜"穷民"是"惯于在条件恶劣的水田耕作"的。

鉴于以上种种因素，日本当局于 1937 年推出了针对朝鲜移民的"新规入殖"政策，开始郑重地对待朝鲜移民"事业"，心情还日益迫切。

然而此时，肯于背井离乡的朝鲜人都已在此前的鼓动或无奈中陆续迁过来了，至今没迁的那些人，不肯迁的心思与惰性则都是相对"顽固"的。尤其在时光的流逝中，"新天地"的真实样貌已通过种种途径陆续传播到了朝鲜国内。当令人气馁的信息一条又一条地接踵而至，就使得朝鲜民众渐渐对"满洲"那块"新天地"增添了疑虑，对移民"满洲"的号召也越来越反应冷淡了。

强迫性的朝鲜移民，由此得以频密且大规模地发生。

安太久就是强制移民之一，移自1939年前后——

那时候有日本人到我们村子里做动员，说到了"满洲"就有饭吃，比在这里挨饿强。当时有一些人就动心了，自愿报了名。但是还有很多人不愿意走，听说我们家里人就不愿意走，说那是异国他乡，人生地不熟的，不去。后来日本人看动员不起来，就来硬的了，把全村人都集中起来，然后放火烧掉了我们的房子，逼着大家离开。就这样，我爷爷、奶奶，带着我父亲、母亲，还有3个叔叔，还有我，一家8口人，被迫离开了家乡。我们被直接带到了"荣兴农村"，被分配到了"第一农村"的4号部落，那时刚好有一户人家"逃村"了。

那一年，安太久刚满1周岁，是被母亲一路背来的。

在安太久的童年印象里，"荣兴农村"是坐落在田庄台和二界沟之间的一个"小岛"，被"沼泽和盐田"所包围，西南角"就是大海"。这样的印象直到伪满洲国垮台之际还未能全面消退，尽管那时的他已经知道"荣兴农村"并非"小岛"了。或许他在成长过程中，也曾像陈智宇那样感受到了时世的荒凉，进而产生了这种莫名的印象。"印象"很多时候就是"感觉"，"感觉"又一向不大肯听从"理性"的规劝，以至于但凡产生了就很难消退，哪怕已明知那是错觉。

无论如何，朝鲜移民在陆续而又持续地到来。

时至1941年3月末，"荣兴农村"已聚集了朝鲜移民2122户10770人，其中男性5825人，女性4945人。无论他们曾经被视为"流民""难民"，还是"灾民""穷民"，此时也已都有了一个统一的身份即"开拓民"。无论"开拓"一词在字面上蕴含了多么浓厚的进取之意，接下来的经历也将很难使他们在脸上流露出丝毫的振奋之情。实际上对绝大多数朝鲜"开拓民"而言，此后的岁月就像马姥姥所说的那样："日子过得累呀。"

4. 辗转"部落民"

在朝鲜移民的群体里，成为"荣兴农村"等"安全农村"的"开拓民"相对于"集团部落"的"开拓民"而言，还是一件"荣誉"的事情。这主要缘于两个因素：一是如前所言，"安全农村"是"集团部落"的"样板"和"范本"；二是"安全农村"的"开拓民"经过了一定程度的"筛选"。前者决定了环境的秀出班行，后者暗示了成员的"出类拔萃"——至少理论上如此。两相结合，便成就了"安全农村"及其"开拓民"的"超群出众"。

在世间，无论是对物还是对人，大凡被举为"样板"或者经过"筛选"者，都能表明那已是不同于寻常的存在。

在移民进程中，朝鲜总督府确实在一定程度上履行了对"关东军"的承诺，至少对移住"荣兴农村"等 5 个"安全农村"的朝鲜移民果真进行了"筛选"，还为此制定了一套严格的"选定"标准：一是家中有 2 名以上劳动力者；二是思想坚实勤勉者；三是专门从事农业者。其中第二条是指此人对日本不"怀有恶意"，若能"亲日"则更好；第三条是指此人脑袋里不曾打着别样的算盘，不会在抵达"满洲"后弃农经商，或者谋划别样的谋生途径。

显然，第二条是对"心"的考核，第三条是对"脑"的打量，都是不容易做到精准有效，尤其不容易判断是否精准有效的那类。按这套"选定"标准进行筛选的结果良莠，也就只能以第一条即家中"劳动力"的多寡来衡量了，事实证明那是相当"优异"的：全"满"5个"安全农村"的朝鲜移民，在最初的几年里基本都确保了6∶4的劳动力与非劳动力之比。

不过，无论这种"筛选"有几成名实相符，入住"安全农村"必须经过"筛选"的说法也广为传播并尽人皆知了。这就足以形成身为"安全农村"的"开拓民"更为"荣誉"的风评了。

对于在5个"安全农村"里拔得头筹的"荣兴农村"来说，这份"荣誉"还显得更为隆重。"荣兴农村"在存续的12年里，曾被包括东条英机等在内的日伪当局和朝鲜总督府的高官要员屡次视察访问，并被《满洲日报》"《满洲日日新闻》"等大小报刊屡屡宣扬，始终被标举为殖民者意欲在全"满"推广的"拓殖样板村"。

纵然如此，"荣兴农村"仍然存在着"逃村"现象，总会有"开拓民"擅自离开，不仅义无反顾，而且贯彻了始终。

早在"荣兴农村"创建当年即1933年年底，那些分10批移住进来的总共668户3240人朝鲜移民，就已缩减到了525户2448人。鉴于可能存在自然或非自然死亡之变数，也还有新出生的婴儿，这里可以忽略人数不计，而只计户数——那么就无疑少掉了143户。这143户中的大部分，即可归属于"逃村"范畴。之所以不是全部，在于当年的"荣兴农村"还存在"退村"这回事，也就是因种种变故而致家里主要劳动力死亡或者丧失劳动能力，而被"劝退离村"。

"筛选"以及"退村"的事实发生，表明"荣兴农村"只肯收容那些相对整装的朝鲜"难民""灾民"或"穷民"家庭，同时表明朝鲜总督府和日伪当局并未将那些更加缺乏生存保障的朝鲜"难民""灾民"或"穷民"，纳入自己有计划有组织的"救助"范围当中。所谓的"保护"与"救济"都是有针对性的，且被其认为是对"庸中选优"的朝鲜移民的一种"照顾"与"恩惠"。

"逃村"现象的切实存在，则折射了被"荣誉"地收容进"荣兴农村"的部分朝鲜移民并不曾因此对殖民者心存感激——就像殖民者所期待并视为理所应当的那样。同时也无声宣告了他们对"荣兴农村"的并不满意，哪怕它被一直举为优中之优。

这一结果的生成，很可能与1933年的第10批移民密切相关。

第10批移民迥异于此前的9批移民，总体来说具有两个鲜明的特殊性：一是那40户人家均系从朝鲜国内新入殖而来，而非流落在"满"日久的朝鲜"难民"，这在"关东军"不许"新入殖"的当年是个例外；二是每户都至少有一名家庭成员为"在乡军人"，而非尽属普通农民。

在抵达"荣兴农村"之后，又显现了第三个特殊性，那就是具体负责建设与经营"荣兴农村"的东亚劝业株式会社，对这些人做出了不同于其他移民的安置：不曾由着他们依据亲属、同乡等连带关系自由选择部落，而是按照某种秘而不宣的配置原则将他们分头安插开来，以至于14个部落个个都有他们的影子。

很快，各部落的朝鲜移民就知道了他们是"自卫队员"，是为了"保卫"各部落免遭"匪类"袭击的"卫士"。或许朝鲜移民也曾对此心存感激，毕竟那些被中国人称为"义勇军"和"抗日联军"的"匪类"在那几年里一直活跃于周边。然而很快，朝鲜移民就以此为负担了。

由于殖民者急于将"安全农村"公之于众，好以此给自己的侵略嘴脸遮羞饰丑，就特别期待"安全农村"能够尽快呈现出一派"安全""祥和"的景象来，因此对包括"荣兴农村"在内的5个"安全农村"均管制得更为严苛，特别是在抗日运动风起云涌的最初几年。那几年里"荣兴农村"的朝鲜移民均被发给了相关证件，每日里出入部落均须持证通行，家里来客也务必登记报备。平日里也有诸多规定，比如日落前即须回到部落，夜里不许互相串门，部落内外均不许三五成群地聚集议论等，以此杜绝朝鲜移民合谋"不轨"的可能。

这一切限制的执行者，就是那些被插花般地安插到各部落的"在乡军人"，这些名义上的"自卫队员"已切切实实地成了殖民者的"眼线"，不仅盘查着每一个移民的进出，还监视着每一户移民的生活，乃至移民的言谈话语。随即有传言说这些"在乡军人"在迁来之前，曾接受过某种严格的培训，尽管没有实据，此说也仍被朝鲜移民普遍相信了。

当自己的生活被一双或几双眼睛紧盯着，会是一种什么样的心情？如果说心情还可以含糊过去而并不重要，那么当有意无意的吹毛求疵频频找到你的头上，或者干脆就是无中生有的过度干涉，那么你要怎么去应对去消化呢？

应对不来又消化不了的人，就纷纷找机会"逃村"了。

之后的岁月里，"逃村"现象得到了延续。虽然起因各异，却总归是遭遇了无论如何努力都无从克服的难题，在不甘忍受的情境下生出了寻觅更好生机的心思，并付诸实际。其中资质和运气相对较好的一小部分人，得以到相邻的营口、田庄台等地以经商为生，或者开照相馆，或者开豆腐坊，也或者经营妓馆。余下的资质平凡的绝大多数人，则陆续流入了周边的几个"集团部落"，仍以种稻养家糊口。

辽河口一带总共有 6 个"集团部落"。

相对于"高级"的"荣兴农村"，这 6 个"集团部落"的创建显得潦草，也因此更为迅速，基本都是在九一八事变的硝烟尚未尘埃落定之际就开始紧急谋划并落实了。其牵头者都是头脑灵活又亲日的朝鲜人，背后也都借助了驻扎在营口的日本人的势力，从而在纷乱的时局中得以如愿"购买"了相应范围内的中国人的耕地，并以此为核心圈占了周边荒地，继而修沟挖渠、建筑扬水场（即抽水站）等，基本完善了水稻种植的相应水利设施。

各"集团部落"最终均以"农场"命名。其中"平安农场""天一农场""南满农场""新义农场"这 4 个"集团部落"均创建于

1932 年上半年，另外 2 个即"武桑农场""大丰农场"略迟一步，却也在 1933 年就启动了生产。

规模最大的是"平安农场"，初占耕地 2000 亩，1935 年扩展到 1 万亩，先后招揽了朝鲜移民约 400 户 2000 多人，分耕分居于 7 个部落。因其移民大多来自朝鲜平安北道而得名"平安株式会社"，1935 年稍晚时候更名为"平安农场"。

"天一农场"在规模上可排名第二，有 5 个部落；"南满农场"排名第三，有 3 个部落；"新义农场"和"大丰农场"的规模都不大，各自招揽的朝鲜移民不过三四十户，甚至没有形成正式的部落，而是由着陆续到来的移民分头就近地栖居在了各自的所耕地附近；"武桑农场"是相对特殊的一个，以牵头的朝鲜人所仰仗的日本人姓氏为名。据说这个"集团部落"出产的大米曾一度供给伪满皇帝溥仪食用，真伪难辨。

无从追溯"荣兴农村"的"逃村"者都投奔到了哪个"集团部落"，就像无从确定那些年间总共有多少"逃村"者一样。或许哪个"集团部落"都曾成为"逃村"者的投奔去处，包括那些处境更为艰难的"退村"者。

其实，按照殖民者的意思，"集团部落"也均需建成铜墙铁壁般的"自治农村"。不过，原则上的事情总会被各种现实因素所阻滞，以至于很难达成，比如"荣兴农村"周边的这 6 个"集团部落"均属朝鲜人个人建设并经营，尽快启动生产是他们追求的第一要务，而不是其他。这就使朝鲜移民能够在此获得相对自由的生活空间，从而成了那些无法忍受严苛管制的人所能选择也乐于选择的一条难得的退路。

部分移民由"荣兴农村"辗转改投到"集团部落"，还有一个更为实际的因素：为了吃到大米。

"荣兴农村"从创建之初就实行统购统销，且延续至终。其间朝鲜移民生产的稻谷颗粒不许私留而须尽数上交，他们的口粮只是"上头儿"配给的小米。各个"集团部落"则均属朝鲜人个人经营，收成基本由朝鲜移民与农场主五五分成。这对习惯了"逐稻而居"、也习惯了吃大米的族群而言，就足以促成他们的"逃村"行动了。

朴太柱的父亲就是为了吃大米才"逃村"的。

朴太柱的父亲在1935年移来"荣兴农村"，自己一个人来的，说是先来"探探路"，朴太柱和母亲由此被留在了朝鲜半岛的家里。1939年，母亲病故，年仅7岁的朴太柱便和邻人一起踏上了跨国迁徙的路途，随着一支移民团来到了中国东北。过境之际，那个邻人"瞅个空子脱离了团队，奔往奉天（今沈阳）去了"，据说奉天有他的亲人。

朴太柱以小小年纪随众来到了"荣兴农村"，却赫然听闻父亲早已不在此地。辗转许久，才打听到父亲已转投了"平安农场"。找去，摸到父亲家门，瞧见父亲"正在房前搓草绳子呢"，一个朝鲜女人在给他打下手——原来父亲已和另一个女人过上了。

朴太柱说父亲对不能吃大米耿耿于怀，曾说"我撇家舍业地跑来，吃苦受累地种稻，就是为了能吃上一口大米饭，你不让我吃，那我干什么呢"，于是在1936年就"逃村"了。

朴太柱在父亲家里住了下来。父亲新找的女人不能生养，也因此待朴太柱一直不错。

朴太柱后来的运气也一直不错。在6个"集团部落"当中，"平安农场"是唯一一个在新中国成立之后改制为国营农场的，其他5个"集团部落"都改制为了人民公社或生产队，两者中的成员存在着"农场职工"与"社员"的身份上的差异，纵然在退休之后，养老金上"也差着很大一块"。

作为国营平安农场的第一代职工，朴太柱深以为荣，并说他的父亲也是如此。2012年就已年逾八旬的朴太柱强调说："我家自从到了平安就再没动过，是这里的老户，其他朝鲜族都是后搬来的。"

5."集团开拓民"之疑

在"安全农村"和"集团部落"之外，辽河口地区还存在第三种类型的朝鲜移民聚居模式，即"开拓团"。共有 3 个，分别为"越城开拓团""朝光开拓团"和"韩南开拓团"。

"开拓团"里的朝鲜移民相对特殊，均为已加入日本国籍的朝鲜人，并差不多都将自己的姓氏日本化了，如将"金"姓改作了"金川"等。这使他们与"日本国臣民"更近了一层，而不再仅仅是"理论上"的。①

3 个"开拓团"当中，最早建成的是"朝光开拓团"，在 1942 年 4 月，有"开拓民"433 户 2523 人，分耕分居于 10 个部落；第二个是"韩南开拓团"，建成于 1943 年 4 月，有"开拓民"123 户 290 人，分耕分居于 4 个部落；第三个是"越城开拓团"，建成于 1944 年 4 月，有"开拓民"129 户（也有说是 115 户的）450 人，分耕分居于 4 个部落。

无论是"安全农村""集团部落"还是"开拓团"，几乎每一批"开拓民"均于春季抵达中国东北，这是殖民者的刻意安排，以求其当年就能投入生产。其中于 1944 年 4 月的某一天集体抵达"越城开拓团"的"开拓民"，是辽河口地区最后一批迁入的朝鲜移民。

之所以仍将其称为"朝鲜移民"，而不是"日本本土移民"，缘

---

① 中国人民政治协商会议大洼县委员会学习文史委员会编：《大洼文史资料》第二十四辑《大洼农垦史迹》，盘文内登第 002 号，2008 年 11 月版，第 36 页。

于这些人尽管已经"归化"了日本，却未被视为名副其实的"日本国臣民"，因为他们的移民待遇仍与日本本土移民有着很大差异。

日本当局在1936年推出"二十年移民百万户"的计划之际，也制定了翔实的推行方案，将所移之民分为了甲、乙两种。"甲种"也称"集团移民"，特点是由政府直接组织，且给予较高的补助费；"乙种"也称"集合移民"，特点是由民间自行组织，政府仅给予象征性的补助费。

上述"归化"了日本的朝鲜移民，均属乙种移民。

相对而言，作为"乙种移民"也是相对"荣誉"的，因为附近的"荣兴农村"，尤其是"平安农场"等6个"集团部落"的朝鲜移民大多属于"分散移民"，即没有任何政府补助的民间自行组织的移民。当然，作为"分散移民"的朝鲜人也并未"归化"日本，既不曾加入日本国籍，亦不曾主动将自己的姓名日本化，他们只是"理论上"的被动的"日本国臣民"，被动于"日韩合并"的事实。

主动"归化"于日本的3个"开拓团"的朝鲜移民，则已是"实际上"的"日本国臣民"，他们被归为"乙种"即"集合移民"，也就实际上不大"荣誉"了，毕竟周边的日本本土移民都是作为"甲种"即"集团移民"移来的。

对于日本本土移民在中国东北的移居地，日本当局也做了区分，划出了三类"开拓"地带——

"开拓第一线地带"为我国与苏联的接壤地带，含伪间岛省、伪牡丹江省、伪东安省等。将日本本土移民殖入其中，目的在于充实伪满洲国"边境"，并为日本的对苏战争铺垫基础，做好准备。

"开拓第二线地带"为伪满洲国的核心地带，含伪通化省、伪吉林省、伪滨江省、伪北安省等大部地区，主要分布在长白山、哈尔巴岭、老爷岭、小兴安岭、大兴安岭的里侧及松辽平原的外侧，目的在于切断抗日联军和东北人民之间的联系，镇压中国人民的反抗。

"开拓第三线地带"为伪满洲国的关键地带，也就是铁路沿线、重要城镇周围、重要河川沿岸等，分布零而散，但遍及全域，目的在于加强经济掠夺及"保护"交通要道以便于物资运输等。

地处辽河下游平原可种植水稻，又为奉山支线——沟营铁路终点的辽河口地区，被划归为了"开拓第三线地带"。

为增加"大和民族"在这一地区的人口含量，日本当局拟在1942年至1946年"二十年移民百万户"计划实施的第二个五年计划期间，向本地大量移民。为此，在"关东军"的"关照"下，于1939年就开始紧锣密鼓地筹备。先是动用飞机对辽河口地区进行了地形勘探，在取得宏观资料后，又进行实地测绘，继而据此强购民地、圈占荒地。

整体规划完成之后，就开始了"紧急造地"，将规划中的"开拓用地"全部建设成了可以种植水稻的水田，为此挖掘了无数条上下水线，建造了大量桥、涵、闸，并启动了田庄台和二道桥子扬水场、疙瘩楼和荣兴水库等灌溉设施的建设，同时"紧急造屋"，为日本本土移民准备住房、蓄水池并铺设道路等。两项浩大的工程同步开展，征用了当地大量劳工，还有不计其数的"兵漏子"。这使每一个初来乍到的日本本土移民，均不曾像朝鲜移民那样遭受风餐露宿之苦，更不曾亲身投入到"开拓团"的建设当中。

至1942年，一切准备均已就绪，第一批日本本土移民也在当年4月高调入殖。到1944年4月，已陆续入植日本本土移民1万多人，总共建起了15个日本"开拓团"。[①]

其中有8个日本"开拓团"的迁出地如今尚可追溯："儿玉开拓团"有团民136户431人，来自琦玉；"鲤城开拓团"有团民134户621人，

---

① 中国人民政治协商会议大洼县委员会学习文史委员会编：《大洼文史资料》第二十四辑《大洼农垦史迹》，盘文内登第002号，2008年11月版，第32—33页。

来自广岛;"多野开拓团"有团民 58 户 146 人,来自群马;"大东乡开拓团"有团民 134 户 631 人,来自香川;"庭田开拓团"有团民 81 户 350 人,"淡路开拓团"有团民 92 户 296 人,均来自兵库;"益城开拓团"有团民 157 户 744 人,"砥用开拓团"有团民 163 户 447 人,均来自熊本。[①]

另外 5 个"开拓团"的具体迁出地已无从考证,但可确定同样来自日本本土。其中"刘谷田开拓团"有团民 104 户 515 人,"绿开拓团"有团民 93 户 396 人,"银杏开拓团"有团民 85 户 316 人,"与论开拓团"有团民 133 户 537 人,"南佐久开拓团"规模最小,仅 6 户 9 人。[②]

余下的 2 个,性质颇为特殊。其一是"实验场开拓团",计 4 户 25 人,来自北海道,专门负责水稻种子的培育,每户都新建了一栋宽敞的住宅,且配给了一匹大洋马;其二是"伊和生开拓团",也叫"野上义勇队",队员均为日本的单身青少年,绝大部分是高小毕业生,部分为失学青年,总计 306 人,其中男性 296 人,女性 10 人。[③]

"伊和生开拓团"的"团民"入殖于 1942 年 4 月,相对最野蛮,在接下来的短短三年里就积攒了辽河口地区最大的民愤民恨。

理论上讲,"集团移民"以 200～300 户为一个移民单位,但实际上并达不到这个规模。或者说,凡是日本本土移民的迁移团队,无论怎样的规模,均被归入了"甲种"移民,享受了"政府"最为贴心的关照。

那么当自认为已属于名副其实的"日本国臣民"的那批将姓氏日

① 中国人民政治协商会议大洼县委员会学习文史委员会编:《大洼文史资料》第二十四辑《大洼农垦史迹》,盘文内登第 002 号,2008 年 11 月版,第 32-33 页。

② 中国人民政治协商会议大洼县委员会学习文史委员会编:《大洼文史资料》第二十四辑《大洼农垦史迹》,盘文内登第 002 号,2008 年 11 月版,第 32-33 页。

③ 中国人民政治协商会议大洼县委员会学习文史委员会编:《大洼文史资料》第二十四辑《大洼农垦史迹》,盘文内登第 002 号,2008 年 11 月版,第 32-33 页。

本化了的朝鲜人，眼见自己仍被区别对待，心中会是怎样的感受呢？会不会油然联想到那句"狗肉贴不到羊身上"的老话，并心生无限的酸涩？

区别对待还不止于此。

事实上，以"开拓团"命名的朝鲜移民聚居模式，还存在另外一个引人注目的特点，那就是团长均由日本人担任，比如"越城开拓团"的团长就是一个姓越城的日本人。这使这种类型的朝鲜移民"开拓团"成了实际上的"日朝混编开拓团"，并应该导致了无尽"麻烦"的延续：栖居于3个"开拓团"里的朝鲜移民，或许都能时时感受到被管制乃至被监督的滋味，这种滋味可能也会导致其心中"酸涩"的绵延无期。

也就是说，为使自己的统治更加牢固，殖民者将同在中国东北的移民也分为了三六九等，且早在移民于故乡动身之际就被区分开了。举凡被划归"优等"者，均难免会沾沾自喜，哪怕只是优等奴才。

"日韩混编开拓团"中那些"归化"于日本的朝鲜人，本意是为了获取更好的生活，谋得更好的前程。他们并不曾想到，自己也会被编入"开拓团"而移植到"满洲"来种地。当这意外的安排成了事实，当他们在辽河口这片陌生的土地上望着周边那片需要自己去垦殖的"开拓用地"，想来他们的眼里不见得就能放出光芒，心里也未必就能揣进欢喜。尽管遥远的东方每天都升起着同样的太阳，而且那太阳的光芒还在一日比一日更显明媚，没准他们也会不由得做出这样的感叹："现在，就连太阳都不暖和了。"

让人颇感诧异的是，在访谈的100多位朝鲜移民后裔中，竟无一人是"日韩混编开拓团"的后代。当明确地问及时，也不曾从任何一个人那里听到过相关讯息，哪怕仅仅是道听途说的传闻。

那么，"八一五"之后，"日韩混编开拓团"的人都去了哪里？后来呢？现在呢？

总之，像开篇即提到的李恩研一样，被那个时代的巨轮裹卷得完全丧失了人生自主权的"小人物"，在辽河口这片土地上一度数以万计。他们的远离故土以及故土难回，很大程度上都是迫于政治与军事之故，且是国际范围的那种，尽管国际政治及国际军事似乎总与"小人物"存着天壤之别，也总被"小人物"视为与己无关而很难进入他们的脑海与视野。然而，这种宏大的概念与生态却实实在在地决定着天下诸多"小人物"的人生际遇，他们既无力可挡，亦无处可躲。比如那场持续了十几年的跨国移民，就与日本的"国策"息息相关，哪怕日本的"国策"貌似与世代繁衍生息于朝鲜半岛、中国东北的"小人物"均毫无干系。

需要强调的一点是，日本广田内阁于 1937 年开始实施的"二十年移民百万户"计划，曾被确定为日本政府的"七大国策"之一，并做过预估：如果计划顺利落实的话，那么到 20 年后的 1956 年，日本人将占据"满洲"人口总数的十分之一，即达到 500 万之众。

后来有一位中国学者对此进行了更为精确的计算，结果认为日本的预估过于"保守"了。实际上如果那项计划能够"顺利"实施的话，那么 20 年后即 1956 年的中国东北人口中将至少有五分之一为日本人，而不是十分之一。依据是日本当局对"满洲"移民的要求是男主人在 35 岁上下的 5 口之家。在这样的家庭中，移民之际家中长子往往已在 10 岁左右，而在到达"满洲"之后，家中的男女主人仍可生育，其长子在 10 年之后即 20 岁之时也将成为繁衍者。

也就是说，如果那个恶毒的"二十年移民百万户"计划不被终止的话，那么中国东北的人口结构将发生根本性的改变。所幸，这世间的通则之一就是计划总是没有变化快，日本当局的如意算盘在 1945 年 8 月 15 日彻底破产，当时仅入殖中国东北 30 余万人。

第二章 经历

民之于仁也，甚于水火。

——《论语》

6. 惆怅于"退海之地"

　　就在辽河口地区炮制出第一个"日本开拓团"的同年，乃至同季，即 1942 年春季，一位名叫横山敏男[①]的日本作家，到访了已运转 10 个春秋的"荣兴农村"。那是一支 4 人的小团队，有横山敏男的一个同事，"还有在营口找的两个朝鲜人翻译"。

　　当他们在台子前[②]下了火车，看到"上下车的人非常多"。对于这种出乎意料的人气，横山敏男是这么解释的——"田庄台是比县城还要大的城镇"，而且因"最近修建水田已经作为一项'国家'事业来做，目前进展很顺利，田庄台又是重点开发地区，所以这里看起来充满了活力"。

　　不过，尽管"车站前的马车来回穿梭，但是绝对不肯去相反方向的'荣兴农村'"，这使他们只好步行，16 华里的路程，走了 1 个多小时。沿途很荒凉，以至于"如果独自行走会让人感到害怕"，4 个人同行才"没有多少害怕的感觉"。在"接近下午 3 点的时候"，"荣兴农村"终于依稀可见了，横山敏男将眼中所见及心中所感详细记录了下来，使得此刻可通过他的视线得以穿越 80 年的光阴，一探那个被殖民者高调宣扬的"拓殖样板村"的当年境况——

---

① 横山敏男：笔名池田寿夫，1906 年出生于日本新潟县，1939 年来到中国东北。
② 台子前：沟营铁路的站点之一，地处田庄台与"荣兴农村"之间。

"荣兴农村"那广袤的水田绵延 4000 公顷（6 万亩），现在还残留着冬天的样子，耕耘作业尚未进行，发白干燥的盐碱地一望无际，看上去就像内地（指日本国内）的农村。到处可见村落，但是路上看不到一个行人，显得寂寞荒凉，让人想象不到这里即将进入春耕期。如果是农耕期，应该随处可见穿着白衣忙碌耕种的朝鲜人，也能看到田间和水渠里捉螃蟹、嬉戏的孩子，但是现在所有这一切就像睡着了一样，周围一片寂静。早春的寒风吹在身上冷飕飕的。事务所已经依稀可见，但是看起来近，走起来远。

这是春天，却显然并无春的生机。

从这寥落的景象当中，已恍惚可见朝鲜移民那一张张惆怅的面孔，还有那日复一日又年复一年的惆怅岁月。如果将横山敏男那句想当然的"如果"忽略不计，那么这种惆怅的氛围就更加浓厚了。这似乎预示了"荣兴农村"的没有未来。

客观地说，作为伪满 5 个"安全农村"中的佼佼者，"荣兴农村"的选址确实佐证了殖民者的眼力，那着实就是一块近乎完美的稻作适宜区。辽河（今大辽河）在奔涌入海的进程中，冲击出来一块广袤的平原，"荣兴农村"即位于平原的核心区，辽河从其东侧南行，并在其南打了一个缓慢的弧形大弯，再滔滔西行注入渤海。这样一来，"荣兴农村"就让这条大河半框起来了，域内一马平川又境无拳石，确实十分适合水田作业。

也正因此，早在 1925 年，张学良就与其姐夫鲍英麟、同僚沈鸿烈等人在此创建了营田股份有限公司，并从国外购来相应机械，又找来十几个日本人当技术员，雇用当地农民，开启了这片土地的大面积水稻种植，1928 年就已正式投入生产。

九一八事变后，营田公司的所属土地及其所有生产资料，包括当年还未来得及收割的稻谷，均被日伪作为"逆产"收归己有，继而将其作为了炮制"荣兴农村"的基础，此后"荣兴农村"的"开拓用地"的扩张都是以此为核心的不断外延，由此不仅坐拥了数万亩已种了3年水稻的熟田，还省下了诸多"购买"土地的麻烦和资本。伪满5个"安全农村"当中，同样具有如此"便利"的还有"铁岭安全农村"，那是以张作霖的妹夫杨春芳的圃记稻田公司的原有土地为基础的。

"荣兴农村"的所在区域，如今尽属辽宁省盘锦市。盘锦是一座年轻的城市，1984年才建立，并自那时起就以"盘锦大米"而声名鹊起，很快发展为全国著名的稻作生产基地。这同样佐证了辽河口这片土地对稻作的适宜性。

"盘锦大米"之所以享誉大江南北，在于它具有"碱地大米"的优质口感，就像盘锦在近年推出并同样获得了地理标志产品称号的"碱地柿子"一样，均得益于这片土地偏盐碱的特性。不过，在"荣兴农村"存续的20世纪三四十年代，这片土地还是"富含盐碱"的，"富含盐碱"的斥卤土地则是制约农业生产的头号不利因素。这样的事实完好印证了"成也萧何，败也萧何"那句老话，也折射了"过犹不及"之说。

盐碱地的由来，根源于盘锦辖区尽属"退海之地"。

"退海之地"是一个可以根据字面意思来揣度其意的词语，简白的说法是"海水退了，陆地得以显现"。具体说，就是由于地质、气象等若干复杂又深奥的叠加因素，渤海三湾之一的辽东湾海岸线从古至今都在不断内缩。海岸线每内缩一分，以渤海辽东湾为归宿的辽河就会跟进一分；辽河每跟进一分，河中泥沙就会在更加近海一分的地方得以淤积。日复一日地这么紧退紧跟紧淤，就使原属大海的区域被一分分地淤为了滩涂。当滩涂的水分蒸发到一定程度，就可称之为"陆地"了。也就是说，"退海之地"是在持续的海退河淤进程中逐渐形成的陆地。

尽管这样的表述不见得有多么科学精确，却突出了"退海之地"

的根本属性即"久被海水浸泡之地"。这样的属性使"土地斥卤"成了"退海之地"的首要特征，即土壤中的盐碱含量严重超标。

这样的土地属性就使"荣兴农村"的朝鲜移民面临了诸多意料之外的麻烦，进而使他们的生活难脱惆怅。比如他们丧失了在自家房前屋后开辟出一块菜园的可能性，就像安允熙所说的那样："……全是盐碱地，连蔬菜都长不了。"由此完全没法实现日常蔬菜的自给自足。

在那个日常所需普遍都要仰赖自给自足的年代，这样的状况无疑是令人悲伤的，尤其对大多身为"流民""难民""灾民""穷民"的朝鲜移民而言。实际上直到 1942 年横山敏男到访之际，"荣兴农村"的蔬菜也仍然"无法实现自给自足"。

斥卤的土地，还导致了地下水富含盐碱。尽管当年在这片"退海之地"很容易掘井，往往下掘 1 米深左右就会有水渗上来了，但是那水通常不是咸涩，就是苦涩，有的还会呈现别样的骇人颜色，比如铁锈红色，普遍没法食用。"荣兴农村"在建立之初，就曾掘井 60 多口，其中仅 4 口井水可勉强饮用。在更多的部落里，朝鲜移民只能仿效当地人的做法来取水。

当地人都喝"泡子水"，也就是在村屯附近掘个大坑，往坑里引入辽河水，也积蓄日常的雨水，然后用水桶和扁担把坑里的水挑回家去，倒进水缸，放点儿明矾加以净化，也就那么饮用了。蓄水的大坑俗称"水泡子"，都是露天的，春夏秋三季村屯里的猪鸭等家畜家禽也难免会到这儿来饮水，甚至入塘嬉戏，卫生是从来都谈不上的。冬天，水泡子冻上了，人们就会凿冰回去，或者就近到辽河、沟渠里直接凿冰，拿回家去慢慢融化了再用。

相对当地中国村屯的水泡子，"荣兴农村"各部落的水泡子要高级得多，通常是用砖块和洋灰（即水泥）砌筑的，叫法也高级，叫"蓄水池"。另一个不同是，各部落会把明矾直接投进蓄水池，而不必家家户户自行净化了。日本"开拓团"的饮水设备则还要高级一些，通常在蓄水池之外，还会专门构建一个滤水池用以净化水质。如今盘锦市境内还有这种储水、滤水的建筑遗迹，被确定为市级文物保护单位。

不过，无论设施如何，都同样做不到完全封闭，池中所蓄之水也仍然只能是辽河水。那样的水在横山敏男眼里就是"辽河的泥水"，这使家家户户的缸中水"尽管是白水也呈茶色，生水绝对不可饮用"。

就是这种明显"高级"于"泡子水"的水，也依然成了太多朝鲜移民梦魇般的体验，安允熙就是其中之一。她说自己在 9 岁之前，喝的都是故乡"特别纯净"的山泉水，到了"荣兴农村"，见了那"水面上漂浮着各种生龙活虎的小虫"的"泡子水"，她就在三四天里拒绝喝水，等她到底在渴极之际闭眼喝下了，她的胃肠又启动了强烈的反抗机制，使她的拉肚子足足持续了一个星期。之后，她的心理和胃肠才终于完全妥协给了那水。

与安允熙有着同样经历的朝鲜移民不计其数，并有一些人因此死于痢疾。也有人说不单单是痢疾，还有传染病："你想想就喝那水，能不生病吗？都是随水带来的病。"

"荣兴农村"的"第一农村"在 1933 年 11 月完工，在此前 3 个月即 8 月，也就是朝鲜移民开始被"统制"到此的 3 个月后，朝鲜总督府就紧急建立了一所医院，设于"中央区"，并派遣一名医生长驻于此，由此推测当年的患病情况应该已经不容乐观。

1934 年，这所医院共收治患者 2675 人，其中被定性为传染病者 13 人，但是医院当时并没有传染病的隔离病房。也是在那一年，患者死亡 90 人。

1938 年，这所医院进行了扩建。这表明"荣兴农村"在人数越来越多的同时，患病者也与日俱增了。

从统计数据来看，朝鲜移民历年来均以夏季为疾病多发期，主要是疟疾和皮肤病，大多由饮用水及田间作业引发。横山敏男访问"荣兴农村"之时虽非夏季，却仍见到一些患者，并对此有了些了解，他说由于"水中残留碱性物质，耕种水田时会皮肤瘙痒，用力抓挠会感染细菌，得一种难治的地方病"。

在肠道病和皮肤病之外，儿科、泌尿科、眼科、耳鼻喉科的病患也为数不少，另外还有约占患者总数 28% 的外科病患。同时，据横山敏男透露，"荣兴农村"的婴幼儿死亡率也较高，因为"剩余劳力少的家庭，就连妇女也要参加劳作"，致使对最需要照顾的婴幼儿失于照顾。

总之，在"荣兴农村"存续的 12 年间，每年都有朝鲜移民在陆续到来，也几乎每年有朝鲜移民在相继离开，或者悄然转移他乡，或者沉痛地阴阳两隔，就此别过。

在"荣兴农村"之"第二农村"的西南角，一处靠近海边的荒滩上，当年有一座砖砌的简易"炼人炉"，那就是与世长辞的朝鲜移民的必经之所，或者说是终点。那处荒滩也就成了约定俗成的平日里的禁地。很多当地人比如马姥姥，当年都曾频频地遥见那里"冒青烟"，如果碰巧赶上了西南风，还会闻见隐隐的气味，以至于在以后哪怕是"没冒青烟"的日子里，每每路过那里，也仍会感到莫名地瘆人，"头皮都发麻呀"……

当每一次点燃的炉子慢慢冷却下来，炉内的骨殖会被守在那里的亡者的亲人——如果有的话——悉数捡拾，然后就近撒入滔滔辽河。如今回头看，有人说"把骨殖扔进河里，是为了让他顺流返回家乡"；也有人说"那不过是后来的浪漫说法，实际上就是没办法处理。要不你看日本人，他们都是尽量不死在这儿，觉得自己恐怕不行了，就赶紧走了"。无论如何，辽河口地区的朝鲜移民几乎均不曾在此建坟立碑。眼下，他们的后裔依然延续着这种习俗，谓之"水葬"。

如果说吃不上时令菜、喝不上洁净水，乃至草草的"水葬"都是客观因素所致，也因此令人在难以承受的同时却也不会太过心痛，那么当自己辛苦种出来了稻子，却无缘吃上一口大米饭的事情成为事实，且被年复一年地严苛延续下来，就是令朝鲜移民极端揪心的了。想来朝鲜移民也曾对此耿耿于怀许多年，以至于在后来的岁月里几乎都曾屡屡向自己的子女说起，从而在朝鲜移民后裔心里拓下了深刻烙印，甚至已成了其后裔了解最多的家族经历。

如今，说起父辈的故事，辽河口地区的很多朝鲜族都会强调这一点，大意是说他们的父辈虽然年复一年地种植着水稻，却也年复一年地吃不着大米。他们愤愤地说："日本人只配给朝鲜人小米子，大米全收上去了！"追述时还会很轻易地流露出痛彻心扉的表情，显然对父辈的经历感同身受："我们祖上都是种惯了稻子，也吃惯了大米，当初就是奔着这个来的，哪知道吃不上啊！"

无论如何，"集团部落"的朝鲜移民面临的是大米足与不足的问题，"荣兴农村"的朝鲜移民则是自建立之初就丝毫不具备对所产稻米的处置权，这也是"荣兴农村"屡现"逃村"事件的重要因素之一。

这种状况随着日本侵华战争的升级以及1941年太平洋战争的爆发，尤其是随着日本"关东军"在前线的渐现败局而持续地变本加厉，臭名昭著的"物资统制""粮谷出荷"等强盗行径，就是在此期间相继炮制出笼的。东北地区的中国百姓由此遭受了最为惨烈的经济盘剥，被宣扬为"日本国臣民"的朝鲜人也未能幸免——朝鲜半岛的朝鲜人如此，迢迢迁来"满洲"的朝鲜人也是如此。

总是头戴一顶炭灰色礼帽的陈守判说——

那些年我们年年种稻子，也年年都能看见大米，但是你只能看着，你吃不着。那些年日本有个政策，只有日本人才能吃大米，朝鲜人只能吃小米，汉族人只能吃高粱米，人分三六九等，人的肠胃也分……

我父亲说，那些年里每当稻子黄了，他们就带人来了，带着伪警察、协和会和兴农合作社的工作人员啥的，到各家各户的地里转转看看，然后就查稻穗，估收成……就这一疙瘩地，可能是一平方米，查有多少个稻穗，又有多少分量，然后就据此给你估算整片地的产量，收获后你交的粮食不能少。那些人都有"完粮"的任务，他们就逼着你多交粮。到收获的时候，他们就又来了，还住在了村里，分头盯着各家各户收割，割完了又盯着脱谷，脱成米了就统统拿走。逢年遇节的时候，他们偶尔也能给朝鲜人配给点儿大米，不过都是发了霉的，是没储存好的烂米，是日本人不吃的陈米……

俗话说"卖鞋的婆娘赤脚板儿"，躬身种稻者，也同样不闻白米香，哪怕他们为种稻付出了异样的艰辛。

作为"退海之地"的辽河口地区，那时候还呈现着名副其实的"多水无山少树，苇塘潮沟遍布"的地貌特征，使得那一时期的稻作生产会遭遇很多自然环境的限制。比如在稻苗刚刚长出的时节，会有铺天盖地的野鸭子来啄食，等稻苗又长大了一些，会有遍地横行的野生螃蟹来钳食。如今的国家二级保护动物野鸭子和金贵得很的螃蟹，那时候都被朝鲜移民视为祸害，他们那年复一年的惆怅面容的形成，也有这些生物的独特贡献。

如此历经千难万险才种下了水稻，产出了大米，他们却不得吃。那白胖胖的大米得供给日本人，还有正侵略中国的日本"关东军"。日本人和日本"关东军"还说，这是作为"日本国臣民"的朝鲜人应尽的义务，应付的忠诚。朝鲜移民木木地听了，脸上的惆怅就更多了一层。

没那么"忠诚"的朝鲜移民，也曾偷掖私藏过大米。往往是趁着脱谷的时候，抓一把白米迅疾塞进事先缝好的裤子里兜，或者掖进头戴的围巾里，被发现了，就会被打个半死。后期，还会有日本人不定时地进入部落突击搜查，逐家逐户地各种搜翻，翻出来了，这家的男人就会被送交恶名远扬的日本宪兵队，以"叛国""通匪""经济犯"等罪名处置。

尽管惩罚如此残酷，偷米偷稻的行为也从始至终未曾中断。亲历其中的安允熙对此描述得尤其翔实——

我家迁来的当年就给分了地，多少面积记不清了，不是很多，我父亲和我4个哥哥就能种过来，不用雇人。种地的稻种、肥料啥的，部落给发，但都记账，算借的。都是一家一户自己种，不是集体生产。那时候种稻都是把稻种直接撒到地里，叫"大直播"，水稻只能长到1尺多高。没有农药，稻田里的草就噌噌长，都得用手拔草，全家大人小孩一起上。就这么可算到秋天了，有收成了，日本人却把大米拿走了，不给钱，只月月配给小米。

日本人不给我们大米吃，我们就偷着吃。

中秋节的时候，稻子还不太熟，我们就把稻穗割下来，用石臼捣了，放锅里蒸熟了吃，也算过节了。都是偷偷地弄，日本人总来巡逻，看见了就要拘留。巡逻的日本人都穿高靿的靴子，腰里别着大刀，头上戴着大盖帽，样子很吓人。稻子快熟的时候他们来得最勤，我们小孩子都不敢出屋，怕碰上他们，碰上了，他们找点儿事就要打你，专打人嘴巴子。日本人不来的时候，"朝鲜干部"也来，就是部落里管事的朝鲜人，叫"契长"，就相当于现在的村长。契长会带着"自治队"的人来，就是从朝鲜来的"在乡军人"，他们比日本人还巡查得厉害，因为他们知道我们都怎么弄怎么藏，也很快就发现了我们偷稻穗……

后来日本人就把我们的石臼给封了，怕我们再偷着捣稻子。其实那也不是石臼。这地方没有石头，我们都是用木头来抠臼，木头也找不到的时候，也会拿土来做臼。不论是用啥做的臼，日本人都给封上了，就像贴封条似的，把纸条撕掉的话就要挨揍了……有一回我就被打了，打到了这条腿上，到现在还时不时地疼……那天我正在院子里玩，日本人突然来了，还看见封白的纸条破掉了，就叽里呱啦地骂开了，屋里外头找我家大人，大人都没在，其中一个日本人就抽出大马刀狠狠拍在了我腿上……其实那封条还不是我们扯的，我们哪敢扯呀，那是风刮的，那时候这地方的风多大呀，现在都这么大哪……

会晤安允熙的前两天，老人家刚刚过了 90 岁大寿。除了长子因新冠疫情无法从韩国赶回，次子和女儿都带着各自的子女与老人家共庆了这个寿辰，桌面十分丰盛，使老人的冰箱里还放着吃剩的菜肴。

安允熙是一位异常安静的老人，个头儿不高，极清瘦。她性格出了名的内向，不大说话，平常只待在家里，几乎没有往来的朋友。若非有她的外孙女引荐，她绝无可能接见我们，实际上在一个月前走访这个村子时，村干部就不曾向我们引荐她，或许知道她不会接受采访，因为她一直以来都若有若无地存在着，大家也早已习惯她的这种性情，并给予了尊重，便如她所愿地每每都将她给略过了。

就是这样安静存在着的一位老人，忽一天却轰动了全村。

那天女儿打电话给她，她不曾一如既往地即时接听，女儿就慌了，紧急向村干部求助。村干部三步两步跨进她家的院子，又进了屋，左右瞧不见人影。女儿、儿子便都慌急地从市区紧赶过来。尽管知道她从不串门，却仍抱着侥幸心理去左邻右舍找过了，继而整个村子的人就都找开了。最终，还是在查看设置于路口的监控时才发现了老人的踪影。原来她根本就没出院子,而是躲进了房东头的仓房里，躲在一堆杂物之间。她说："早晨起来我就觉得有人要来了，就赶紧藏。"

或许，幼年的恐惧仍然残留在安允熙的脑海里。

综合来看，朝鲜移民的后裔所述多是日常问题，即吃饭、吃菜、喝水等，至少这些问题是他们所述最为翔实的内容，由此可以推断这也曾是其父辈最常提及的事项。相较于他们对父辈来历的语焉不详，他们对饮食的记忆之深就更加令人印象深刻。或许这就是身为普通人、普通生命体的最基本也最真实的生命体验。

7. "奴化"之殇

相对于"平安农场"等"集团部落"的朝鲜移民后裔，祖居"荣兴农村"的朝鲜族表现出了对殖民者更深重的怨恨，列举的事例也相对更扎实，尽管两者共栖于同一片土地，最远的距离也不过三四十公里。转念想了想，觉得此现象也属正常。

"荣兴农村"等"安全农村"，自谋划之日起就被视作"集团部落"的"范本"，建成后即被举为"拓殖样板村"。这里的"拓殖"二字所渗透的浓重的殖民意味，表明这是一种来自殖民者的推崇。那么从殖民者的角度而言，"统制"得越彻底、盘剥得越厉害的"集团部落"无疑就是担当这一"荣誉"的不二选择。也就是说，哪怕仅仅是为了将"拓殖样板村"做成一个便于在国际上宣扬的样子来，殖民者也会竭尽所能地将"荣兴农村"等"安全农村""统制"得更彻底、盘剥得更厉害。

古今中外的任何一个殖民者，都对被殖民者的生活漠不关心，从这点来说，辽河口地区的朝鲜移民生活在惆怅之中也是一种必然；历史长河中的任何一个殖民者，无一例外地都对被殖民者的文化格外在乎，并执意要将其全盘否定、全面毁灭，再以篡改、涂抹、刮擦等手段，在其废墟中植入自己的文化因子。殖民的招数，一方面是经济的掠夺，另一方面就是文化的摧残与移殖，两者不分伯仲而同等紧要。对殖民者而言，那就相当于一枚硬币的两面，只要那枚硬币已被它攥在了手里，那么正反两面也就完全由它肆意妄为了。

作为"拓殖样板村"的"荣兴农村"等"安全农村",由此被殖民者更加紧密地施用了种种殖民手段,从而导致了"荣兴农村"较周边"集团部落"的朝鲜移民的日子更加难挨。

事实上,在对"荣兴农村"的朝鲜移民实行更加严苛的经济搜刮的同时,文化上的"统制"也在更加严酷地施行,甚至还呈现了在启动时间上相对更早的趋势,使一场"奴化"与"反奴化"的较量早早就得以在这片"退海之地"摆开战场。尽管力量对比悬殊,却也形成了一种对阵,朝鲜移民既不曾不战即降,也不曾甘拜下风。

如前所述,"荣兴农村"在1933年建立当年的前9批朝鲜移民,在5月、6月短短两个月里就已全被移入,总计3059人,这其中就有300多名儿童。尽管当时"荣兴农村"的建设刚刚动工,周边义勇军的抗日运动也正如火如荼,殖民者已忙得焦头烂额,他们却依然在7月里就启动了对朝鲜儿童的教育,可谓第一时间就开始了对被殖民者下一代的"文化关照"。

东亚劝业株式会社的部分职员以及几个日本警察,充任了兼职"教员",每天在忙叨完自身工作之余,就会给朝鲜儿童上课,教算数,教体操,更教日语。由于房子尚未建成,这种"教育"只能施之于户外荒野,纵然如此,殖民者也乐此不疲,并持续了3个月之久。

1933年10月,3号、4号、8号部落先行建成,在将部分朝鲜移民分散入住的同时,也在这3个部落里各拨出一栋房子作为简易教室,使殖民者的"奴化事业"得以在冬天到来之前挪入室内,并持续了1933年的整个冬季,一直到1934年的春夏时节。

1934年秋,正规的校舍在"中央区"落成,新近从朝鲜半岛迁来的朝鲜"灾民"的孩子以及上一年从东北各地"统制"来的朝鲜"难民"的孩子,被分为了8个班级,自此开始了"正规"的奴化教育:使用朝鲜总督府编纂的教材,以日本史为"国史",以日语为"国语",

以"日鲜一体""天皇崇拜""忠君爱国"等观念为灌输的核心思想，旨在消除朝鲜儿童的民族意识、瓦解其民族语言，为日本培养忠实的"帝国臣民"。

1936 年，随着移民的持续增多，在"第二农村"的东大井子又新建了一所学校，为"荣兴农村"的"第一分校"。位于"中央区"的学校自此被称为"荣兴农村"的"本校"。这一年"本校"10 个班级，"第一分校"3 个班级。也是在这一年，"本校"被定性为了"普通小学"。

1937 年，"本校"扩展到 12 个班级，"第一分校"扩展到 4 个班级。同年，"本校"升级为"国民优级学校"。

1939 年，"本校"及"第一分校"均进行了扩建，并在"第二农村"的有雁沟又新建了另一所学校，为"荣兴农村"的"第二分校"。这一年，"本校"及两个"分校"的学生总数已达 1148 人，为全"满"5 个"安全农村"中最多。

无论"本校"，还是"分校"，校长均为日本人。教职员工也以日本人优先担任，只有在实在凑不足的情况下，才会选择"思想端正"的亲日朝鲜人充任。

学校的这种紧凑发展，使那些年间的朝鲜移民的孩子大多接受了"正规"的殖民教育，不自觉地踏上了一条被持续"奴化"之路。这种"奴化"最显著的特征，也是至今仍被朝鲜移民后裔最为诟病的一点，在于学说日语。这主要反映在两个方面：

一是学校强迫学生学说日语。当年是一年级到三年级的时候，学生在校期间还可以说说本民族语言，但是到了四年级时再说本民族语言就要受到惩罚了——

每个学期一开始，学校都会发给每个学生 10 张票。以后你说了一句朝鲜话，就要被没收 1 张票。如果你又说了一句朝鲜话，跟你要票时你又拿不出来了……都被没收完了呀！那他就要打你了，打嘴巴，打得可凶了，很多学生都曾被打得口鼻流血……校长打，老师打，学长也打，只要你说朝鲜话被人听见了，谁都可以打你……学长就是比你年级高的学生，日本学校里都讲服从，低年级的学生必须服务高年级的学生。

二是学生的父母又顶顶讨厌自己的孩子说日语。尽管孩子们自入校之日起就被教导说日语，并被种种激励政策鼓动着学好日语、多说日语，继而被种种严厉举措强迫着全盘改用日语，但是当孩子们回到家里，如果顺嘴溜达出一句日语来，就会遭到父母激烈的训斥，如果家里还有祖父母，那麻烦就更大了，因此挨打的人也不在少数。

如此"冰火两重天"的状况，就让朝鲜移民的孩子处境十分尴尬。

学校或说日本人校长，对此状况心知肚明，于是频频通过举办各种范围的"日语大赛"等手段，选拔并给予那些日语说得好的学生以种种荣誉，尤其还向他们许诺并描绘了光明的前程，屡屡向学生灌输"只要你学好了日语，将来就会成为'满洲国'的栋梁"等。这使学生们的父母以及祖父母都渐渐在这种"较量"中趋于了下风，尽管不甘。

落日的余晖中，安允熙平静地说——

那时候日本人要是不败的话，我们就都要说日本话了，朝鲜话就传不下来了。

在这句表述中，安允熙并不曾加入"可能""估计"等模糊性词语，而是渗透了十足的"肯定"。她当时就靠墙坐在自家的客厅边上，客厅里铺了地板，地板上铺着大块的坐垫，夕阳的余晖从宽幅窗玻璃投射进来，刚好映照在她平静的脸上——尽管她预测了一桩令人惊心动魄的事情，口吻却相当平静，或许因为那是必然的事实，至少在她的经验性预测里。

安允熙的预测并非危言耸听。

曾在"本校"读了5年小学的安太久说——

我那时候学的都是日语，写的都是日本字。所以到了新中国成立初期那会儿，我连一个朝鲜字都不认得。可是我们朝鲜族最重视教育了，大家都想改变这个状况。我记得那是1954年，几个有文化的（朝鲜族）大队干部聚到一起，就商量这个事，说这么多人都只会说朝鲜话，却不会写不会读（朝鲜文字），这怎么行啊，我们得组织起来，带领大家学文化。

没多久，就在大队部里办起了夜校，教大家学认朝鲜文字。当时夜校里可热闹了，多大年纪的人都有，当时我22岁，在那里面算是年轻的了……其中有些人虽说没上过日本人的学校，但是小时候也大多没上过学，家里穷啊，对本民族文字也都不认识，大家学文化的热情就可高了。成绩也很大，我在夜校学习了2年，从一个字母都不认识，到后来读信、写信啥的都没问题了。

在那个变异的殖民氛围当中，即使是不曾进过学校的安允熙也接触到了日语，不仅听得懂，还会背诵日语"语录"。她说——

我的4个哥哥都上学了，其中三哥学习最好。那时候的"学习好"，就是指日语说得好，我三哥就被日本人老师选拔为了班长。我三哥还有很好的人缘，同学都爱跟他玩，常常来我家找他。我三哥和他的同学说话都用日语，我很羡慕，就常常留神听，慢慢就听得懂了……我三哥也挨过我父亲的打，不过后来他在一次日语大赛中获了奖，奖了一辆洋车子。那是"第二农村"的第一辆洋车子，不得了，从那儿之后我父亲就不大理会他说日语了……

我三哥所在的学校发"语录"，一种小小的书，每个学生都有一本，还都得把里面的内容背得滚瓜烂熟的，背不下来的话，连过桥都不让你过……那时候这地方的潮沟、河汉子很多，小桥也很多，在那些人们常走的路口、桥头等处就都有日本人检查，见学生过来了，就会让你背一段那个"语录"，背不下来就不让你过了。有一阵子我三哥回家的时候，就常和他的同学们一起背"语录"，我常常听着，就也记住了一些，只是不大明白是啥意思……

安允熙当场背诵了很长一大段，十分流利。

过后，老人家的眼圈就忽然红了——

我三哥是我们家最聪明的人，长得也最好看，人人都认为我三哥以后肯定会有大出息……可是我三哥失踪了，在1945年春天，当时我们家来到中国刚好6整年……那时候我三哥已转到营口读"国高"了，"国高"就相当于现在的高中，他学的是水产专科。也住校，大概两周能回家一次，那个春天里就忽然不再回来了。

最初我父亲以为我三哥和他的同学又到哪里去"勤劳奉仕"了，可是一个多月过去了，还是不见人影。我父亲就去找了，找到学校，学校说我三哥早就回家去了，并且再没返校。我父亲接二连三地找，后来就进不了学校的门了。

各种传言都有。有人说我三哥可能是在回家途中被中国人给害了，没准就给顺手扔进了辽河，从营口到荣兴得过辽河，就是现在的大辽河，那时候河上还没有大桥呢，往来都靠摆渡。不过更多人说没有这个可能，说我三哥既是朝鲜人，又是"国高"学生，哪个中国人敢打他主意？那时候朝鲜人没有谁会轻易招惹，"国高"学生更是了不起，平日里连"警察"都让着三分。有雁沟就我三哥一个"国高"学生，我们家在村子里也很有脸面。

后来相处得挺好的邻居都悄悄告诉说这个事只能是日本人办的，不然学校不可能不出面找学生。那时候营口"国高"在地方上很有地位，连伪政府都很敬着。邻居们猜测我三哥很可能是被日本人秘密送到东京接受培训去了，培训完了就回来中国做间谍；还有的说也可能是被盘山军马场的哪个日本军官相中了，直接留下来当了警卫，没多久就上了战场。盘山那个军马场是日本"关东军"的，"国高"学生经常去那儿"勤劳奉仕",帮着割首蓿备草料啥的……

无论如何,自1945年春天起,安允熙的三哥就再未现身,"生不见人,死不见尸"地直至今天。同时,据说这种莫名其妙又毫无追究可能的"失踪",在"荣兴农村"并非个例。

相对于日本人校长、教师,朝鲜人教员受到了朝鲜移民更多的诟病,似乎同族的自戕较异族的凌谑更加令人难以忍受。作为"本校"朝鲜人教员的张允哲,就曾因此在日本战败后被同胞各种不待见,哪怕他认为自己也不过就是为了讨口饭吃。

1951年,张允哲与很多同胞一起参加了抗美援朝战争,因有一技之长而被委任为了吹号员,后来右手腕在一次战斗中受伤,因失血过多,他几近昏迷,匍匐于地之际,"荣兴农村"的一个他曾经的学生家长将他拉了起来,并坚持不肯给他水喝。他以为这是报复,事后方知是因他"流血太多了,不能喝水"。

这使张允哲得以活了下来,继而和那位家长一起回到了荣兴。后来的事情表明,这是他终于取得同族谅解的一个重要拐点。抗美援朝战争结束后,张允哲又进入当地学校继续他的教员生涯,因受伤的右手腕再不能回弯,还改用了左手写字,据说也写得相当不赖。

在成人们以各种方式试图阻止孩子们被持续奴化,并因此在彼此间生出各种矛盾的过程中,成人们自身也不曾逃脱被精神施暴的命运。

从始至终,"荣兴农村"一直都悬挂着两面旗帜,一面是日本国的"膏药旗",另一面是伪满洲国的"补丁旗",而从来没有栖居其中的朝鲜移民的国旗,因为他们已经没有"国"了,他们的"国"被"合并"给了日本。日本人就如此这般地时刻将他们浸淫于"日本国臣民"的氛围当中,以求其尽速泯灭民族意识,尽管日本人从未拿他们当自己人。

"荣兴农村"总部所在地"中央区",陆续建设了邮局、商店等生活设施,为方便频繁的视察、访问,还建了停车场。日本"神社"、

"国旗"台则早在创建之初就作为顶紧要的"公共设施"而建起来了，祝祭日里需要朝鲜移民按礼参拜，每月1日、15日还要举行升旗仪式，朝鲜移民必须以虔敬的姿态对其集体仰视。1940年，为将"荣兴农村"的创建宗旨及其"治绩"传承下去，便于后世永续"敬仰"，还新建了一个纪念碑，同样需要朝鲜移民对其心存崇敬，并要在日常体现出来，比如经过此碑时务必要"束衣整冠"等。

如此种种，即使对朝鲜移民不曾产生根本性的文化革命，精神麻痹的后果也是难免了。陈守判说——

我父亲说那些年间的很多事，都让他恨得牙痒痒的，可是又有啥办法呢？人在矮檐下，不得不低头哇！那玩意儿你自己国家不强，你作为国民的就得受气呗，更何况你的国家还被人家给吞了哪！

"恨"是一桩分外消耗心力的事，恨得久了，怀恨之人必然渐趋疲惫。由此很难想象如果不是中华民族取得了抗日战争的彻底胜利，朝鲜移民还能在这种虽看不见硝烟却分外残酷的文化抗拒中坚持多久。

其实，纵然是在今时今日，也无从衡量那场精神施暴究竟给朝鲜移民留下了多少心理创伤，只能确定对个别人而言是相当强烈的，比如安允熙。这位一向少言寡语，无论在村里还是在家里都存在感很弱的老人家，就曾在几年前激烈反对外孙女留学日本并直至成功。

生而为人，如果能够在有生之年一直为"人"，而不至于被动地演变为"奴"，是一件大幸运的事。然而这事往往由不得个人做主，因为其事关国家还有你所属的民族，以及你碰巧降生的那个时代。时代的基调，国家的强弱，通常会决定你此生的幸或不幸，即是否会被动"奴化"。

8. "号里" "号外"

第一代朝鲜移民与当地中国人的关系状态，曾作为必须探究的主要问题之一而在访谈中屡屡问起。对此，被访者的响应相对热烈，所述亦因大多基于各自的家族经历而愈呈纷繁。

快言快语的陈守判直截了当——

这个关系估计好不了，那玩意儿也没法好哇！听我父亲说，那时候常有日本人穿上朝鲜人的白衣服去打中国人，回过头来又换上中国人的褂子去找朝鲜人的麻烦。日本人就这么两头挑弄，你说那还能好得了吗？……那时候朝鲜人都爱穿白衣服，号称"白衣民族"嘛！

从校长岗位上退休的朱锦华则语气沉稳——

朝鲜人和中国人的关系，在历史上应该是好的，否则朝鲜人不可能年复一年地过来。双方的疙疙瘩瘩，应该是在日本人介入之后才产生的，又因双方被日本人有意隔绝，导致彼此没法接触，矛盾也就没有机会全面化解，难免互相不待见。不过那都是老一辈儿的事了，也是那个特殊历史时期才有的特殊现象。

在"荣兴农村"存续期间，朝鲜移民聚居的部落被俗称为"号里"。"号里"之外的中国人聚居区，被统称为"号外"。"号里""号外"虽相距不远而鸡犬相闻，却始终鲜有人际往来；"号里""号外"两个族群的命运尽管是如此相似，却也罕见同病相怜。

当地人对朝鲜移民抱有成见，是不难理解的。

事实上，"荣兴农村"就建立在当地人的家园之上，为此拆了人家的房子，占了人家的耕地，也平了人家的祖坟，相当于把人家连根拔起，再抛至荒野四郊，任其风吹雨淋。最初连荒野四郊都不允许当地人逗留，因为那是预备着"荣兴农村"扩展用的。当地人大多被驱逐走了，走往更北也更寒冷的"北满"，但仍有一部分人不曾远遁，毕竟那需要舟车差旅盘缠费用，而他们恰恰没有。这部分人便拖家带口地径往西去，还有西南，在更加近海也更加斥卤的地带，重新开荒垦殖，就像他们的父辈多少年前从关内刚来时的情形一样。

当地人尽管皆属平民，却也不至于不知这天翻地覆之变局全是日本人的勾当，实际上他们心知肚明一清二楚，对日本人所怀的仇恨也就难以量化。然而，在"荣兴农村"建设完成，辽河口地区的抗日烽火也渐陷低潮，尤其在卢沟桥事变和太平洋战争相继爆发之后，这一带的日本人就开始被陆续拉上战场而持续减少，当地人平日所见的就多是朝鲜人且越来越多，并如日本人所期望的那样认为朝鲜人跟日本人是一伙儿的，毕竟明晃晃地"鸠占鹊巢"的就是朝鲜人。如果说"爱屋及乌"是成立的，那么"恨乌及屋"也在所难免。

此外，每一个族群里都总会有那么几个不够良善的人，可能毁坏整个族群的声誉，就像一条臭鱼之于一锅汤。在足足延续12个春秋的移民"满洲"进程中，单只是"荣兴农村"就持续移入朝鲜人1万余众，这其中自然存在形似"一条臭鱼"的那种人，在与当地人比邻而居的岁月里，也就必然会生出些许事端，导致两下里的隔阂日益加深。

有雁沟的马姥姥家房后，就有这么两户人家，是"第二农村"的后期移民。在马姥姥的印象里，那两户人家好像并非从朝鲜国内新迁来的，而是来自"中央区"或者"12号"，至于缘由，马姥姥始终没能弄得确凿，也没有弄得确凿的心思，而且对那两家的姓氏也都不曾挂心，仅以"北边那两家"称之。

这样的含糊并不意味着马姥姥性情冷漠，而是由于马姥姥早就确定了那两户人家从未将自己视为邻居，也从没打算将其他中国人家视为邻居，证据是从落足此地的那一天起，那两户人家的男主人——一高一矮两个瘦削的男人，就将马姥姥家以及有雁沟的所有中国人家统统当作了可被欺凌的对象："他俩收我们的渔获呀，就跟收税的似的！"

有雁沟的中国人家，那时也已在时光的流转中陆续聚集了20多户，他们受雇于部落种植着水稻，吃着配给的高粱米，糊口自是不足的，幸而他们几乎家家男人都已将农民与渔民的技能集于一身，家里也是既有锄镰，亦有网具，使他们得以靠捕鱼摸虾贴补家用。

辽河口的土地虽然斥卤，却也自古就是苇塘潮沟遍布，使得这片土地素以"好混穷，有吃烧"著称于关内外，这也是马姥姥的先祖选此地落脚的重要根由。在这一带，只要你不存飞黄腾达的心思，勉强糊口还是相对容易的：海汊河沟的鱼虾蟹能让家里的饭桌有点儿荤腥，遍布的荒草芦苇晒干了就能当柴烧，就是把地表上的土刮回来，拿大锅熬煮了，也能淋出点儿土碱小盐，几乎方方面面都能实现自给自足。

多少年里，这里的人们素来就是这么生活的。当他们被降格为伪满洲国的"末等公民"之后，就更得这么求活了。

有雁沟中国人家里的男人们，就常常地搭伴到辽东湾及河沟海汊去捕鱼摸虾。这样的习惯不知缘何被"北边那两家"的朝鲜男人知道了，自他们到来那日起，就开始堵截捕鱼人，后来就干脆坐到出海人的家里去候着了。马姥爷是有雁沟出了名的捕鱼能手，人也最勤，所以"北边那两家"的朝鲜男人就更加频繁地在马姥姥家里坐等"收税"。

初起，马姥姥没当回事，马姥爷也没当回事。实际上当马姥爷风尘仆仆赶回来的时候，马姥姥还会紧着拣出几条大鱼或几只海飞蟹给那两个人拿上。那时候她还是拿他们当邻居待的。

然而事情很快就不对头了。那两个人非常不客气，后来每当马姥爷扛了渔获回来，他们就会直接扯下马姥爷的鱼袋，"打了100斤鱼，他们能给分走80斤去，嘴里还骂骂咧咧的"。回头一扫听，方知这两个人也常常到别人家里去打劫。

接下来的日子里，马姥姥和马姥爷就订妥了暗号：但凡那两个人在家里坐等呢，她就点上洋油灯；倘若那两个人没来，家里就是一丝光亮都没有的。马姥爷据此调整渔获：家里有灯光时，就把渔获藏起来大半，所余不多地扛回家去，并连呼"今儿个点背"。

类似事例，在"荣兴农村"的其他部落也时有发生，虽然只是个例，却影响甚坏，且留下了后遗症。时至20世纪六七十年代，民间还流传着"朝鲜人欺负人"的说法，鼓动得那些正值青春期的汉族男孩子没少和朝鲜族男孩子打架，且是群架。马姥姥的外孙赵邦国就是其一，哪怕马姥姥在过去的日子里偶尔说起"北边那两家"时只是单纯地念叨旧事，全无半点儿其他意思。直到赵邦国那代人都相继长大成人了，能够以理性的态度去看待过往了，双方才相逢一笑泯"恩仇"。

从朝鲜移民的角度而言，对当地人怀有成见也是可以理解的。

早自清代以来，朝鲜半岛的民众就从未间断往中国东北的流徙，抵达之后，除了极少一部分人有条件从事其他职业，绝大多数人都会以种植业为生，普遍仰赖于各地中国人的雇用。在这种历史性的交集过程中，双方关系在整体上应该是良好的，否则也不会绵延下来，就像朱锦华所说的那样。不过，具体到个人，朝鲜移民也肯定会遭遇一些不那么令人舒畅的东家，经历一些不那么令人愉快的经历。

需要指出的是，在中日甲午战争之前，尤其在九一八事变之前，朝鲜人对中国人还普遍怀着深厚的敬意，这种敬意在很大程度上化解了他们心中的各种不快，不至于使纠纷普遍升级。但在九一八事变爆发之后，朝鲜人对中国人的敬意已轰然坍塌，甚至滋生了些许鄙薄，这就使久积的不满变得扎实了。

客观地说，大多数朝鲜人并不愿意看到中国失利于日本，因为大多数朝鲜人视日本人为自己的仇人。在朝鲜于1910年被日本"合并"之后，就曾有很多朝鲜爱国者流亡到中国东北，在此组建抗日队伍，运筹复国计划，金日成就是其一。然而九一八事变爆发了，日本全面侵占了中国东北。这样的突变掐灭了朝鲜爱国者最后一丝复国希望。一些绝望的朝鲜人开始变得玩世不恭，有的甚至转身投向了侵略者的怀抱，似乎他们的绝望也是中国人不可推卸的责任。种种复杂的历史因素以及现时情绪，就使朝鲜人也很难对中国人和颜相向。

纵然如此，在"荣兴农村"及其周边，双方的关系也从来不曾剑拔弩张，大多时候只是处于互不接触的状态。这并非全系双方的互不待见所致，而是还缘于日本人的恶意隔绝，并随着日本人的恶意挑唆而愈加地互不待见。

不过——还得再用一个"不过"——"号里""号外"的绝大多数人终究还是心里脑里并不存有多少意识形态，而只为生活终日终年地摸爬滚打的寻常百姓，无论哪一方都有着近乎胎带的善良与纯朴。于是，随着时光的渐渐流逝，随着关于对方的消息越来越多地传至耳畔，也随着日本人越来越忙于在前线疲于奔命而顾不上在后方持续使坏，双方还是越来越分明地发现了彼此的境遇是如此相似——同被日本殖民，同被日本盘剥，同样偷割稻穗，同样偷吃大米——一切竟跟自己一模一样！

也就是说，相同的"亡国奴"身份到底还是使双方对彼此生出了一些同病相怜，尽管没办法大张旗鼓地施以温情，那么小来小去的相互关照仍是有可能落实的。

渐渐地，双方的互动开始了：在当地中国人家有妇女坐月子的时候，会有朝鲜移民送来小米，因为中国人没有小米配给指标，坐月子的标配小米粥也就无从谈起；在春夏时节，也会有中国人时常周济些蔬菜给朝鲜移民，尽管双方同处于盐碱地，作为"坐地户"的中国人却拥有相对深厚的生活经验，他们会从辽河边取些河滩土回来，铺垫在自家的房前屋后，以"客土"的方式开辟出一块菜园，不至于像朝鲜人家那样"连个菜叶都淘弄不着"；秋冬时节，中国人还会捡些遍地横行的螃蟹回来，捣碎了炸酱，是为螃蟹酱，也会送一些给朝鲜移民，使他们在隆冬时节多一样下饭物。中国人对当地物产的处理之法，也由此深为朝鲜移民所折服，其后裔也至今还深念着当年的赠予之情。

还有一种交集，更隆重一些，那就是给孩子和妇女治病。

尽管"荣兴农村"的医院在渐次扩大，医生也在不断增添，却仍有些病患无从治愈，也或者患者因医费太贵而无力求治。这样的时候，朝鲜移民便会求助于"号外"的中医。当年的中医都已被迫改称了"汉医"，医术却是无从更改与废止的，这使很多朝鲜孩子的出痘、百日咳等症，朝鲜妇女的妇科病等，都在中医的调治下得以痊愈。

近邻田庄台镇里的中医世家后裔马志恒说——

我爷爷和我父亲都曾给很多朝鲜移民治过病。当年我爷爷正在田庄台开着一家中药堂，堂号"明恕堂"。我爷爷大名马秉章，人称"老马先生"；我父亲大名马龙先，14岁就开始坐堂，人称"小马先生"。

听我父亲说，当年朝鲜妇女患妇科病的特别多……一来由于她们没有坐月子的习惯；二来由于她们也参与田间劳动，经常接触田里的凉水。这么的时间长了，就把自己的身体都搞垮了。那时候朝鲜小孩闹嗓子的也挺多，还有得急惊风的，就是小孩因受到惊吓或高烧引起了抽风……我爷爷和我父亲都给治好了，特别是急惊风，那是我们家的一绝。

此外还有好多病，比如朝鲜男人也常常烂腿，他们总在水田里泡着啊，我父亲就自己研发了一种中药，把二界沟的蛤蜊皮子研磨成粉，再加些中药进去，外敷，效果神奇，他们都老感激了……他们很少有人能拿出医药费，都很穷，但是都会想着法地报答，有一回就有一户人家送来了一盒米糕，大米做的，那是稀罕物啊，我父亲特别感动。

总之，双方在伪满时期的关系虽无从以亲密定性，却也从未经历过剑拔弩张的紧张，反而在漫长的岁月里开始了互帮互助，哪怕并称不上普遍，也依然支撑部分人得以在惨淡的岁月里熬过了那些分外惆怅的日子。

对共居于同一方水土的更多人来说，彼此仍是鲜有交集的，因为"号里""号外"界限分明，"第一农村"尤其如此。实际上在那12年里，相对频繁的接触更多发生在双方的生产带头人即"水田班长"之间。

无论殖民者将多少朝鲜农民陆续迁来了此地，对其圈占的"开拓用地"而言也仍属杯水车薪，这使"荣兴农村"不得不雇用当地中国农民助耕，或者直接将部分耕地租给当地农民耕种。"号里""号外"可筑围墙分界，耕地却无从阻隔，而且由于双方都种植水稻，更有水系将两者耕地紧密相系，灌溉之际又存着你先我后、你早我迟之分，纷争也就在所难免。这样的时候，就会由双方的"水田班长"出面交涉，无论在这种频繁的互动中究竟掌握了多少对方的语言，也都会想尽办法尽快地解决，因为受农时所限，更有各自所承担的生产任务在催促。

总体来看，那12年间，这方水土上的愤恨情绪大多滋生于"日朝混编"的"开拓团"。资料显示，那里的"正宗"日本人以及"归化"日本的朝鲜移民，几乎每一个都会欺凌中国人，也会欺负"荣兴农村"及各个"集团部落"的朝鲜人。这种恶意"邻居"的长期存在，也在一定程度上加深了当地中国人和朝鲜移民对彼此的理解和同情。共同的经历，相似的境遇，无论如何都会悄然拉近彼此的距离。

9. 梦碎"自耕农"

生活上的困顿以及精神上的不欢畅，使朝鲜移民无论被"统制"在中国东北的哪个"安全农村"或"集团部落"，都绝无可能感受到"流金吐蜜"的"新天地"的"新气象"。作为殖民"样板"的"荣兴农村"的"开拓民"，所承受的经济盘剥与文化奴役花样更多，也更为紧凑，这使他们绝大多数都过得相当不容易，除了少数将日语说得格外流畅并被吸纳进了"管理层"的人。这些人里头，又有一部分沦为了"朝奸"。

陈守判说——

那个年代朝鲜移民里头也有日本人的走狗，我们叫"朝奸"，就像你们汉族里的"汉奸"一样……嗨，哪个民族里头都有坏蛋！要不日本人都被陆续拉上前线当炮灰去了，剩下那么多朝鲜人、中国人怎么管？不都是这些"朝奸"和"汉奸"在管着吗？还管得更狠哪！

事实表明，尽管朝鲜移民确实比日本本土移民更为皮实，更加吃苦耐劳，现实的不尽如人意也依然使"荣兴农村"的"逃村"现象没能得到有效的遏止，持续的大量人员流失甚至使之渐失稳定的根基，尤其使殖民者脸上颇感无光。

殖民者将朝鲜移民费尽周章地"统制"在"荣兴农村"，可绝非为了"收容"朝鲜"难民""灾民""穷民"等使之免于流离失所困厄相交的境遇，也不仅仅是为了"稳定"朝鲜半岛和"满洲"这两块殖民地的"社会秩序"，而是指望着他们从事稻作生产，为殖民者提供更多稻米，毕竟人家早已自诩为天下间"第一等"民族，嗓子眼儿只咽得下白胖胖的稻米，到处点燃战火的日本"关东军"的肚肠更得香喷喷颤悠悠的白米饭侍候。归根结底，将朝鲜移民"圈"起来使其"安居"并非殖民者的终极目的，其终极目的是让他们在此"乐业"，这也正是殖民者的初衷。

然而，如果说殖民者用尽办法移植了一棵棵树、一片片林，是指望这些树与林能够成长为可供采伐的有用之材，那么随着时光的流逝，已有越来越多的迹象表明，那一棵棵树、一片片林，都已在慢慢地露出萎蘼，显出颓废，甚至连好好活着都不能够了。

——如何才能令其"茁壮"起来呢？

这就成了一个迫在眉睫的严重问题。

在此情境下，"满鲜拓殖株式会社"于1936年9月在作为伪满洲国"首都"的"新京"（今吉林省长春市）成立，"东亚劝业株式会社"被合并其中，原属"东劝"的全部事业均被"满鲜拓"接手，包括对"荣兴农村"等5个"安全农村"的经营。继而，"满鲜拓"以"各'安全农村'建立以来经过数年耕地熟化，收获成果颇丰"为由，制定了"自耕农创定"计划，试图以此重建朝鲜移民对生活的信心，尤其是激发朝鲜移民的劳动热情，让他们心甘情愿地为生产付出所有，并让他们自以为那是为生活所做的理所应当的努力。

这项计划于1937年1月率先在"荣兴农村"施行，"荣兴农村"由此成了"自耕农创始地"。这在当年也是一项引人注目的"殊荣"，使早已拥有"拓殖样板村""规模最大的安全农村"等"荣誉"的"荣兴农村"一时之间变得更加"著名"。

在当年，"荣兴农村"的耕地均属"东劝"及其后的"满鲜拓"所有，朝鲜移民只有土地经营权，基本是每户耕种4000平方米即6亩的面积。"自耕农创定"这个臭名昭著的计划即针对这6亩耕地而来。可以简单地这样表述：如果你在"满洲"踏实耕种，且耕满 15 年，那么你所耕种的那块土地就可永久地归你所有，使你从"佃农"蜕变为"自耕农"。

任何一个国度、任何一个民族的农民，几乎都对一块永久属于自己的土地充满了热望，这使朝鲜移民与中国农民一样，都以"三十亩地一头牛，老婆孩子热炕头"为人生的一大梦想。这种近乎胎带的文化因子，使"自耕农创定"计划果真发挥了作用，且堪称是那种"一箭双雕"的作用：不仅使很多曾经的"逃村"者"纷纷要求回来"，还令朝鲜国内本已渐趋冷淡的移民潮再掀了一股热流，鼓舞着很多一直在迟疑的人踊跃响应了当局号召，而"慕名从朝鲜移居此地"。这使"荣兴农村"的朝鲜移民很快就突破了 2000 户大关，而且，几乎所有朝鲜移民都是心无旁骛地"安居"在此，尤其满怀憧憬地"乐业"于此了——哪怕只是一度。

不过，"自耕农创定"计划并对不住朝鲜移民的热忱，它被后来的事实证明为只是一项"计划"而已，无论看起来多么美好，实际上都是殖民者抛出的一个美妙诱饵。纵然日本人炮制的"满洲国"不曾在 1945 年垮台，而使朝鲜移民有充裕的时间耕满 15 年，朝鲜移民也绝无可能实现"自耕农"的梦想，因为殖民者根本就没打算让他们实现。

如果说殖民者的"打算"仅存在于殖民者的头脑当中而并不好判定，那么还有一个显著的事实可以为证，那就是直到中华民族的抗日战争全面胜利之际，"荣兴农村"乃至整个中国东北的任何一个朝鲜移民，都还不曾显露可由"佃农"蜕变为"自耕农"的苗头。

实际上，"耕满 15 年"并非殖民者兑现承诺的唯一前提，而只是前提之一，且是看起来关键而事实上并不关键的那一个。更为关键的前提是，耕满 15 年之际你必须还清所有借贷。这种借贷有一个专用名词叫"年赋偿还金"，包含 2 项重要的须偿款——

一是"土地建立费"，也就是购置"开拓用地"的费用。"荣兴农村"

的土地实是半国家化的"东亚劝业株式会社"多年来各种巧取豪夺的积攒，在它被合并之后，就悉数掌握在了"满鲜拓殖株式会社"手里。

其中一部分如前所述，是以"逆产"之名没收的原营田公司的所属土地，一部分是从伪营口市及伪盘山县公署"商租"的荒地，还有一部分是从当地地主及农民手里"购买"的民地。纵然是对这种民地的"购买"，也是在日本"关东军"、伪满政府及地方官宪等各种势力及人员的"斡旋"之下，最终以相当"理想"的价格成交的，以至于"1 垧地（15 亩）都不值 1 斗（50 斤）大米的价钱"，总计付出的成本低廉得超乎想象。

然而，在制定"自耕农创定"计划之时，这项费用却被以 157.034 万元的价格作价给了朝鲜移民，由其在 15 年内分摊清偿，且带有难说"友好"的利息。

二是"家屋建立费"。这项费用涵盖了多项，包括当年造地建屋的所有雇工、机械资料等全部费用，尽管当年先行到来的 2000 多名朝鲜移民也都参与了"荣兴农村"的建设。

日本人认为"'安全农村'只不过是对因事变避难的'鲜人'难以处理而采取的不得已的过渡办法，因此在收容'鲜人'定居于农村、生活得以安定的基础上，当然应对为此所花费的建立费用负有偿还的义务"。这项"家屋建立费"被作价为 16.6634 万元，偿还期限为 5 年。

"土地建立费""家屋建立费"这两项费用是固定的，被合并命名为"总建立费"，总计 173.6974 万元——没错，作价已经具体到了"元"。在相继实施了"自耕农创定"计划的其他 4 个"安全农村"，"总建立费"也是同样的计算之法，其中"铁岭安全农村"为 27.7154 万元，"河东安全农村"为 78.3438 万元，"绥化安全农村"为 44.7261 万元，"三源浦安全农村"为 10.3083 万元。[1]

---

[1] 李冬雪著：《日伪时期朝鲜移民"安全农村"研究》，2020 年 5 月，第 25-39 页。

然而事实是，"荣兴农村"之"第一农村"的"总建立费"只有79万元，其中土地"收购"费12万元，工事费49.6万元，造营物、机器费2万元，其他杂项5万元。余下的10.4万元还是"贷付金"，也就是贷给朝鲜移民启动1934年生产的农耕资金——按800户算，每户130元——那本来就已经记到了朝鲜移民的账上。

"总建立费"的数额无论多么巨大，毕竟还是固定的，那意味着总有完结的那一天。让人更加为难的是，每个年度在偿还了这些固定债务之外，朝鲜移民还要承担"荣兴农村"的运营费用，比如稻作生产的水费及水渠维修费、电费及电路维护费，以及警署、邮局、医院、学校等公共设施的"一般事务费"等，合计起来也是一项不小的支出，其中学校在1934年的预算即为3万多元。

此外，还有一笔"管理费"需要承担，这也是自建立之初就设定的一项费用。在日本人看来，"各农村刚刚建立，还远不能达到自治，有必要由会社进行农事指导、监督以及社会设施等一切农村的经营管理。因此，在进入年赋偿还前，农村经营管理所需要的实际费用，应由朝鲜农民各户负担"。这也是一笔年度性费用，主要是用来维持各机构的持续运转。

"荣兴农村"的基层组织是"农务契"，"第一农村"和"第二农村"的总共27个部落各置1个，各部落的朝鲜农户均为自然的契员。每个农务契设契长1名、理事1名、评议员5名以内（其中"中央区"10名），理论上均由各部落的契员选举产生，实际上则大多为上头指定。

契长、评议员任期2年，理事任期3年。契长统辖本契事务，理事受契长指挥执行，评议员受契长委托决议契务。每个部落的契员即朝鲜农户均需在每年的收获期缴纳50钱、2斗粮食，作为农务契的"基本财产"，用来维持农务契的日常运转并救济有特殊困难的契员。

27个"农务契"统归"农务契联合会"管理。

“农务契联合会”设于“中央区”，为“荣兴农村”的“自治机关”。在1937年以前，它负责整个“荣兴农村”的教育、卫生、农事奖励等公共事务，并负责管理农耕资金的放贷与回收、农耕用品和“开拓民”生活用品的统购统销等经济事务。1937年起，教育、卫生等公共事务转交当年新成立的“村公所”管理，“农务契联合会”自此专门负责“开拓民”农地的管理与经营。尽管如此，“农务契联合会”的规模还是日甚一日地庞大起来了，时至1942年已下设“水利部”“采购部”等多个部门，职员也已发展到40多人。

虽美其名曰“自治机关”，“农务契联合会”的一切工作却始终受着“满鲜拓农村事务所”的管辖与监督，这使它成了事实上的殖民者与朝鲜农户之间的“中间人”，起着一个“上委下派”的作用，向各部落收缴“年赋偿还金”就是它的一项重要业务，再由各部落的“农务契”向其“契员”即朝鲜农户征缴。

恰恰因其处于“中间人”的位置，“农务契联合会”也成了与朝鲜农户的切身利益最为密切相关的权力机构。横山敏男到访“荣兴农村”之际，曾在“农务契联合会”逗留许久，他发现虽然其职员“大部分都是朝鲜人，但却能说一口流利的日语”，并于其“言谈中感觉‘联合会’掌握着‘村民’的生杀大权”。

“满鲜拓农村事务所”即原来的“满洲拓事务所”，是成立在“荣兴农村”创建当年即1933年的一个机构，也是“荣兴农村”事实上的最高“权力机构”，设主任、所员各1名，均为日本人，核心工作就是对“农务契联合会”的“所有计划和事业”进行“指导”。

1938年12月，鉴于稻谷出现严重流失现象，“满鲜拓农村事务所”还接管了原由“农务契联合会”负责的“精米所”（即大米加工厂），另雇了职员，开始自己直接经营。这个精米所位于台子前火车站附近，横山敏男在此下车时就注意到了，为“一座红砖建筑物”。其业务应该很繁忙，因为"车站内堆满了即将装车的米袋子和绳子，（米袋子）看上去就要撑破的样子"。

所有这一应机构的运转经费及人员薪资，均由"荣兴农村"的朝鲜农户承担。这笔被命名为"管理费"的费用是年复一年没有尽头的，只要你还身处"荣兴农村"，这笔费用就必须分担。不过，机构的设置和管理人员的配备及其薪资标准等，则从来不会征求朝鲜农户的意见。

除此之外，还会有不定期的额外费用需要朝鲜农户承担。比如在殖民者为弥补战争经费不足而搞的"国防献金"运动中，"荣兴农村"的朝鲜农户就曾在1941年末被迫"捐款"，数额很是不菲，以此为"国防事业"购买了2架飞机——掏不出"捐款"的农户，由其所在的"农务契"垫付。当然，这成了该农户的又一笔"借贷"。

总之，唯有将这一笔笔"旧债""新账"尽数偿还了付清了，到各自耕满15年之时，"自耕农创定"计划才能兑现。

那么，朝鲜农户可有相应的生财之道吗？

事实是，无论殖民者置于朝鲜农户身上的债务有多少，费用有几何，朝鲜农户的经济来源根本上也只能仰赖于水稻种植，仰赖于这片土地。

访谈中，朝鲜移民后裔对东北的土地给予了极高评价——

你在这地上挖一锹，再把土填回去，得出来一个坑，你得再额外填些土进去，才能填满那个坑；你在朝鲜半岛的土地上同样挖一个坑，同样把土回填进去，则会鼓起一个包……朝鲜半岛的土地稀薄呀，土壤贫瘠，东北的土地更肥沃，更养人。

这种说法也包括了他们对脚下这片辽河口土地的高度认可。不过相对东北其他区域来说，这片土地的肥沃只是后来的事情，在朝鲜移民于此求生的20世纪三四十年代，此地离沃壤还远着呢。

当年这片"退海之地"尽管已能种庄稼了，却仍存在渗盐返碱的现象，干旱年头返渗得尤其厉害，会在地表形成一层白色的结晶，导致"地皮光溜溜的，光脚踩上去不带沾一点儿泥土的"。平常的年景里，植物的根系也常会受到深层土壤里的盐碱的侵蚀，"当根系扎到盐碱层了，植物就会从梢头开始泛黄，然后整株打蔫，直至枯亡"。也因此，那些年间"荣兴农村"周边很难找到一株高壮的大树。

说到底，当年的这片土地还仅是"桑田"，"桑田"则远非沃壤。"桑田"泛指一切可以种植庄稼的田地，却无从保证有种有收，更不能保证丰收，丰收是唯有"沃壤"才能担当的期许。"桑田"向"沃壤"的转变，需要一个"改土"的过程，也就是土壤改良，为土地"脱盐洗碱"，这是一项耗时的事业，需要若干人力持续的有效干预，而当年则完全不具备这个能力。

实际上，当地中国人在很长一个历史时期都只是挑拣着地块来耕种，挑拣那些地势偏高的岗地，只有那样的岗地，其渗盐返碱的概率和程度才会大大降低。人们将这种耕种之法俗称为种"白菜心"地。由于人们习惯了这种零星耕作的模式，久而久之就使那一块块耕地像极了点缀在浩瀚平原上的一块块补丁。连绵成片的耕地是直到新中国成立之后，才在农民、军人、知青等多方力量的合作下渐行实现的伟业。

辽河口地区史上空前的大面积稻作尝试，始于营田公司在1928年的生产，成果也同样不尽如人意。1930年3月，辽宁省政府曾启动一项"辽宁省各县实业事项调查"，"农业"是其中主要的一项。

根据此次调查形成的《辽宁省各县实业事项调查表》，在显示了全省各县水田开垦面积的同时，也简述了各县的稻作发展状况、收成情况、栽培面积的波动及其原因等。在言及营田公司时属的营口县农业状况时，作出了这样的综述："查全县可种水田八万四千余亩，现在种者不过万亩，近年收获约在三成以上，不甚获利。"状况之所以惨淡至此，即根源于"地洼水碱"是这片土地的痼疾。

那也就意味着无论朝鲜农户在这片土地上投入了怎样的辛劳，其收获也必定有限。事实也正是如此。1934年，也就是"荣兴农村"启动生产的第一年，朝鲜农户播下了约1479町步即21960多亩的稻种，品种是"大邱祖"。虽然"大邱祖"相对较耐碱盐，却长势依然不佳，稻秆"只长1尺多长"。产量也不高，总收获396万斤，平均亩产仅180斤。

如果对这个数字没啥概念，那么有两个数字可以做一下对比：本书开篇讲述的"随团技术员"李恩研在1946年返回"荣兴农村"的最初两年，水稻亩产是200多斤；现如今辽河口这片土地的水稻亩产虽因品种而不同，却也大多都在1000斤以上，普遍1400斤左右，高者多达1600斤左右。

低至180斤的亩产，使"荣兴农村"在1934年发放的生产贷款的回收率为85%。这意味着15%的朝鲜农户都没有能力还清当年的"营农资金"，即包括种子、肥料、牲畜等一应生产资料的年度费用。

此情形并非"荣兴农村"的个例。

1934年，"绥化安全农村"的放贷回收率仅为28%，"河东安全农村"为64%。"三源浦安全农村"也差不多如此。在全"满"5个"安全农村"当中，仅有"铁岭安全农村"达成了100%的放贷回收率，而这应该得益于"铁岭安全农村"的特殊性：它在1932年就已建立，1933年就启动了生产，而且那片土地在1926年就开始了水稻种植，修建了相对齐备的排灌渠系，特别是那片土地不仅没有盐碱之患，还因濒临辽河及其支流凡河而素以肥沃著称。也就是说，"铁岭安全农村"的所属土地在1934年已经拥有了历时8年的稻作基础，这使它的当年亩产达到了211斤。

"荣兴农村"则不具备这些条件。

虽然殖民者将"荣兴农村"选址于辽河口颇具眼力，却仍需大把的时光用以过渡。客观来讲，殖民者本不该对这片斥卤之地的收获抱持急切的指望，可叹其国内嗷嗷待哺的饥民使其不能不急切指望。指望落空对殖民者而言是一个大大的挫折，对朝鲜农户来说更是一种沉重的失望——当他们千里迢迢地扑奔而来，并在此付出了一家老小齐上阵的辛劳，却发现一年到头还要"挂账"，令收入为负数，那份心情也就可以想象了。

如果说 211 斤的亩产能够作为全部完成当年借贷的一个有效参照值，那么僻之海隅的"荣兴农村"想要实现这个亩产也是不容易的，实际上直到 1939 年才突破了亩产 200 斤这个数值。

诚如殖民者所言，朝鲜移民无疑是擅长稻作的，还尤其不惧"恶劣"的自然环境，然而那时候这片土地的禀赋确实还不曾开发出来，就像一块璞玉尚未经过雕琢，很容易就会使朝鲜移民对"金秋"的"金"字产生深深的质疑，至少是对"金"的含量产生深深的失望。

其实，直到十几年后的 50 年代初，此地的稻作生产还会由于稻种发芽率不足、稻苗因水质不良而枯死等种种原因导致"春种"与"秋收"之间存在巨大落差。曾在国营荣兴农场提供的一份《第一自营农站 1951 年上半年工作总结》的资料中，见到一页页业已褪色的竖书繁体钢笔字，第一页开头便有这样几句："一、起耕面积 315 垧。二、播种面积 290 垧。三、可收获面积 269 垧。"其叙述清晰冷静，三个数字也寂静无声，当年人们的心中失落与疼痛却不难想象。

这样的事实令人伤感，却也无从更改。

事实是那个 180 斤的亩产，并不是令"荣兴农村"的朝鲜农户最为心寒的产量，而是他们在接下来几年里还会屡屡怀念的"理想"产量，因为此后几年，尽管"大邱祖"被相继更换为了"陆羽 132 号""信友早生"等被熊岳的农事试验分场证明为更适合这片土地的稻种，他们也依然以全体的辛劳换来了一场场"白忙"——

1935 年总计耕种 3.6 万余亩，平均亩产 138 斤；1936 年耕种 5.2 万余亩，平均亩产 135 斤；1937 年耕种近 6 万亩，平均亩产 150 斤；1938 年耕种 5.8 万余亩，平均亩产 172 斤；1939 年耕种 6.2 万余亩，平均亩产 208 斤，1940 年也是如此。也就是说，直到启动生产的第六个年头，"荣兴农村"的水稻亩产才突破了 200 斤。

这也就意味着，在农田里摸爬滚打了大半年的朝鲜农户，虽然收割了真实的稻谷，抚摩了白花花的大米，却不仅吃不着大米饭，还看不到以此换来的真实的钞票，而只能得到一纸支出明细表，上面罗列着各自在这一年当中的所有借贷，最下面一条是各自在这一年的收支合计，而那合计很有可能显示的还是赤字。纵使个别人略有盈余，在分摊了"管理费"之后，也是鲜有余富了。这使绝大多数朝鲜农户在第二年春耕之时，仍要继续借贷才能投入生产。如此这般地恶性循环，就使债务年年累增了，他们还哪有能力再去应付那笔"年赋偿还金"？

"自耕农"的梦想，只能眼巴巴地看着它离自己越来越远。

当一户户背井离乡的朝鲜移民，一家老小披星戴月地忙乎了一年，到头来得到这样一个结果，内心该是怎样的一种感受？

作为一个寻常的成语，"披星戴月"往往被用来形容农民的勤勉。这种勤勉对农民而言也是寻常的，因为这个群体绝大多数都具有这样的品质，且是在从古今到中外的浩大范围之内。然而，这个成语也渗透着分外的浪漫情调，纵然是一个农民正在屈身奋锄，也能让人想象到他正身披星光，头顶月色。这如梦似画的场面，与他"脸朝黄土背朝天"的脚踏实地的辛苦劳作是如此不相协调。不过，或许也恰恰因此，古人才发明了这样一个成语来形容农民的勤勉，似乎在以此预示他们的诚实汗水往往也只能换来一场场梦幻泡影……

无论如何，朝鲜农户绝无华丽蜕变为"自耕农"的可能，尽管殖民者将"自耕农创定"计划满世界宣扬。到 1945 年日本战败之际，没有任何一个朝鲜农户拿到了那个为此付出多年心血的土地执照，尽管他们多年的"偿还金额"早已超出了殖民者实际投资的总额。

当年，无论是哪一年到来的朝鲜农户，在经历了一个或两个生产年度之后，应该就会有很多人意识到了殖民者的这一把戏，意识到了"自耕农创定"计划不过是一个诱饵，一个幌子。不过这样的事实也未必就会让他们感到意外，毕竟他们已经经历了太多，早就摸清了猫与老鼠的关系，以及黄鼠狼与鸡的关系，更知道狗肉无论如何也贴不到羊身上。

他们很可能只是气恼，异常气恼，气恼于表面与实际的巨大差异，气恼于青面獠牙的怪兽偏偏打扮得花枝招展，毫不留情的掠夺巨爪偏偏戴上了一副华丽的丝绒手套，一度哄骗了自己，还持续哄骗着国际，使满世界的人都以为日本人就是他们的"救世主"，他们就是被日本人宽宏慈悲地收拢在羽翼之下的小鸡雏，赙受着日本人的"保护"，也受到了日本人的"优待"，哪怕他们实际上是在被一只全不知饥饱的吸血鬼时刻不停地吸精吮髓。

残酷的现实，在他们的脸上留下了深深的痕迹。

横山敏男是 1939 年从日本来到中国东北的，继而赶赴全"满"的朝鲜移民聚居区调查过多次，并于过程中屡屡听说了这个"有名的'荣兴农村'"，同时也听到了"'荣兴农村'的朝鲜农户很多人都冷酷无情，表情阴暗、沉郁"的传言。这使他在 1942 年春天到访"荣兴农村"之际，是怀着深深的好奇并略为惴惴的，急于探究相关传言的来由。

当他与"农务契联合会"的人员谈过话之后，曾"感到'荣兴农村'简直就是朝鲜农民的乐土"。然而，当他于抵达的当天晚上"对农户进行挨家挨户的调查"之后，却又发现"现实并非如此"。

现实是"这里既不是美丽的天堂，也不是快乐的净土，而是充满了荆棘和险恶"；现实是为了成为许诺中的"自耕农"，"朝鲜农户拼命劳作，付出了血的代价"；"不用雇用劳力干活的家庭，在经营上多少有些余富，收支相抵会略有盈余。家里劳力少或赶上生病、红白事要临时支出（的家庭），就要借钱，借款就像滚雪球一样，借款生借款，这样的人就变成了债务奴隶"……

现实是"荣兴农村"的朝鲜农户确实像传闻中的那样"表情阴暗、沉郁"，但是这在横山敏男看来已并非缘于他们天生的"冷酷无情"，而只是因为他们已越来越不确定耕满15年后究竟能不能成为"自耕农"。他们实是"对前途不定深感不安而表情更加凝重"罢了。

还有一个更为引人注目的现实：横山敏男所"调查的农户完全不会说日语，因为会说日语的人都能在事务所混到一份差事"。

在文章的最后，横山敏男这样写道——

我们每个人都知道一日三餐的每一粒米都是朝鲜农户生产的，但很少人知道朝鲜农户过着什么样的生活。"荣兴农村"等作为朝鲜农户村落，历史也有十年多了，这里有各种设施，算得上是上好的村落。只要能经受现在的种种考验，他们会有美好的未来，完全可以变成自耕农。可是那些没有可能变成自耕农的众多朝鲜农户，每天以怎样的表情在生活呢？

1944年11月9日，横山敏男病逝于中国东北。

当时的朝鲜移民还无从得知，就是这个突然到访又匆匆离去的日本作家，对他们进行了最为本真的描写，并被传续了下来，得以让后人获知了他们的当年表情，哪怕他也总归还是个日本人。

10. 流徙"八一五"

在一种阴郁或说凝重的氛围当中，又有许多个日子默然流逝了。

然后，1945 年 8 月 15 日按部就班地来到了。

那一天的清晨，"荣兴农村"安静如昔，所有的部落都仍像过去那样零星散落在稻田之畔，稻田正葱茏着，稻穗正孕育着尽可能饱满的谷粒。部落里的朝鲜农户虽都已早早地起身了，却不曾喧哗，而只是带着他们惯常的阴郁或说凝重的表情，默默地忙碌着，就像往常一样。一股股炊烟，也一如既往地先后冒出了烟筒，随着辽河口特有的温润湿气，缓缓地飘荡开来，又扩散开去，并无明确的朝向，仍像当初那般怀着深深的疑惧。

总之，这个"满洲"最大的"水田农场"及其内里的朝鲜农户，在那一天的清晨都一如往昔，并无任何兆头预示了这一天将会非同寻常，且会非同寻常到要被全世界的史册都郑重记取。

有雁沟的马姥姥则在这种寻常当中最先发现了不寻常，并在之后的无数个日子里曾屡屡跟他的外孙赵邦国提起："那天早晨的太阳可欢实呢，还红彤彤的，像腌透的鸭蛋黄哪！"

当时马姥姥就在那欢实的太阳所投射开来的万丈晨光里，端着一簸箕刚从灶坑里扒出来的柴灰，一如既往地缓步绕到房后，噗的一下，就把柴灰全部倒进了灰坑，又弯下腰来磕打磕打簸箕底儿，尚窝藏在簸箕缝里的余灰便被震荡了开去，还联络了坑里的陈灰，沸沸扬扬地腾起来好大一片。

马姥姥屏息起身，并扭开头去，试图错开那灰，就跟业已过去的多少个清晨一样，也还一如既往地顺势拿那微眯的两眼漫不经心地往北边瞥了一回。本是无意地一瞥，全没预备着瞅见什么，却是瞥了一回就怔住了，继而张大了双眼，错愕地瞅了再瞅："哎呀！北边那两家的膏药旗咋没了哪？"

"北边那两家"是有雁沟唯一悬挂日本国旗的朝鲜住宅——两家住着一栋房子，旗子就明晃晃地挂在房中间，平日里在近海的大风里肆意招摇，似乎在告诉大家他们不在乎仗势欺人，且也果真这么干了。

马姥姥急急回头，跟马姥爷反映了这个情况。马姥爷也到房后去瞧过了，才转身伙同了几个邻居，小心地接近了那栋房，并到底潜进去了，见满地狼藉，已是人去屋空。

之后的岁月里，马姥姥常说——

我早就知道日本败国了！早在那天早晨就知道了！要不"北边那两家"咋能撤旗咋能走哪？听人说"北边那两家"是有来历的，消息灵通着哪，差不多是跟"中央区"的日本人一起走的！

那天的第二个早晨，甚至就在那天当晚，"抢号"开始了。

当一群被欺凌了整整14年的人，终于有一天得了解救，会是怎样的心情？但凡能想象到十之一二，也就不难理解"抢号"的发生了。

"荣兴农村"周边的"日韩混编开拓团"，特别是日本本土"开拓团"，受到了尤其猛烈的冲击。这是两个因素所致：一是日本"开拓民"在过去数年里成功积攒了滔天的民愤民恨，以那个"伊和生开拓团"即"野上义勇队"为最；二是唯有日本"开拓团"的各"号"才有好东西可"抢"，比如时钟、电饭锅、呢子衣服、皮靴等，更有大米和白面，即使是去得迟了的人，也有机会夹个泡澡盆回来。

当时有些还在逃亡与自杀之间迟疑的日本男人，都被堵在了"号"

里。这些男人身上多有残疾，又几乎全是在战场上留下的残疾，真刀真枪厮杀过的经验就使他们此刻红了眼睛，并举起了事先备下的武器。那通常是一根被削尖且被油炸过的竹竿，锋利无比，致使拎着锄头甚至空着手闯进来的中国农夫一时间也难占上风。就这样一头儿饱含恨意地攻，一头儿困兽般地搏，两下里都有受伤，甚至死亡。所幸中国农夫在人数上占着绝对优势，最终仍将那些民恨尤深的"开拓团"头头儿多半捆绑了，又押解到河边，再沉尸滔滔辽河……

难以想象战战兢兢耳闻目睹了这一切的朝鲜移民，心里该是怎样的滋味万千。此刻仅从他们子女的追忆中获悉了部分相关信息——

汉族人很久以前就住在这里，日本人来了以后就把他们强行从这里赶走了，一直赶到海边，使他们大多只能靠打鱼生活，这事搁在谁身上谁不恨？"抢号"那是轻的！……日本人更不值得可怜，他们歹毒着哪！那些跑掉的日本人，后来都被集中到了大洼火车站，准备集中遣返，他们这头儿上了火车，那头儿仓库就着火了，里头堆的都是从"琉球号"里搜集来的物资，板材、煤炭、大米、稻草袋子、胶皮鞋、雨靴啥的都有，那火肯定就是日本人事先弄下的手段。他们就是这样的人。其实都不应该遣返他们，也该像苏联似的把他们归拢到西伯利亚去，让他们以劳动赎罪，让他们也尝尝被奴役的滋味……

"琉球号"原是当地中国人对日本本土"开拓团"的称谓，显然也被朝鲜移民及其后裔借用了。或许朝鲜移民对日本人所怀的恨意，并不像与他们比邻而居的中国人所想象的那么不够浓烈；朝鲜移民后裔的时卜心情可能也当真就像陈守判所说的那样："我们朝鲜族比你们汉族还反感日本人哪！"

如果说朝鲜移民不甚清楚"八一五"对中国人而言究竟意味着什么，却无论如何也都知道那对自己来说意味着什么——意味着回家！意味着自己可以回家了！

接下来朝鲜移民的动向，基本就是两种情况：

第一种也是最普遍的一种，是迅速踏上了返乡的路程，就像那位"随团技术员"李恩研一样。对大多数普通朝鲜农户而言，跋涉的过程应该比李恩研还要艰难，因为李恩研是孤身一人，而他们都是拖家带口，全程皆需扶老携幼。不过结果是一样的，绝大多数都被拒之于"国门"之外。理由在三八线之外，还因他们被怀疑身上携有一种类似"鼠疫"的传染病，依据是日本人在"满洲"搞了细菌试验，并在投降撤退的时候将细菌统统释放了出来。当时历经千辛万苦终于赶到"家门口"的朝鲜移民，群体里也果真正在蔓延一种莫名其妙的"怪病"，症状是很多人，尤其是老人和孩子都在拉肚子或者发高烧，甚至有人正在因此浑身抽搐地相继死去。这被视为了他们已遭"感染"的证据，遂拒阻更甚。

那些已经踏上新义州的人，大多也遭了遣返。这使他们也只好像李恩研一样地滞留在丹东，乞食为生。由于"要饭的人太多了"，而致很多人无以果腹，天气又渐渐凉了下来，绝望的人群便陆续在饥寒交迫中无奈地四下散去，再度流徙到了东北的白山黑水间，其情其状，又与九一八事变之初颇为相像了。

第二种是仍然留在"荣兴农村"而不曾离开。这些人家在"八一五"赫然到来之际，也曾一度慌手慌脚，也曾想着随大流儿一同离开，然而回过头来盘算了一回，才发现自己并不具备离开的能力，同时发现也不见得非离开不可。无力离开的显要因素，都是"家里太穷了，一分钱没有"的窘迫，不过根本因素却并非如此，毕竟他们也完全可以像其他人那样一路乞讨着走到安东去。

根本因素是多样的，也样样扎实。

没走的大多数人家，是"回家"的动力不足，因为"老家那头儿啥都没有了，回去也没法生活，还不如在这儿"。安允熙家就是如此。

安允熙说：“我父母当时就没打算走，寻思这里咋的也比老家强，老家的房子和地都卖了，做了来时的盘缠，回去也没处投奔。”

同样没走的陈守判家，是由于陈守判刚刚出生，“还没满月哪”，尽管朝鲜妇女没有坐月子的习俗，新生儿却也禁不起旅途的折腾。陈守判的父亲陈智宇考虑再三，就把烟袋锅子往鞋底子上猛磕了磕，并撂下话来：“不走，爱咋咋的吧！”

同样没走的安太久家，则缘于安太久的父亲在骤然的巨变中感觉到了舒畅。已被紧紧管制了八九年的安太久的父亲，在确定“事务所”的日本人，包括学校校长、警署署长都已自杀身亡，余者也都逃得净光，“农务契联合会”的朝鲜人头头儿及职员们，还有各部落的契长，也都在第一时间走掉了，就连那些一直高人一等的“自治队”成员也迅速不见了踪影之后，他就长长地舒了一口气，似乎状况从来都不曾这么好过。随后，他就在差不多已经空了的“中央区”挑了一栋相对宽绰的房子，把家搬了过去，还连说“咱不走，咱不走”。

还有的人家，不走的根本因素则与来时的原因息息相关。比如一个原籍朝鲜半岛北部的人，原来也是一个坐拥两个山头的小地主，“日韩合并”后被一个亲日的邻人各种欺凌，势要侵吞他的土地。他最终与其发生械斗并致其身亡，随后就连夜带着家人偷渡过江——“江水都顶到了胸口”，最终辗转落脚到了“荣兴农村”。此刻他是不能回去，“害怕报复，人家那头儿还有家属呢”。

所有没走的人家，都像安太久的父亲那样，把家从各部落纷纷搬到了“中央区”。在那纷乱的日子里，这样的抱团而居似乎能让他们的心里觉得安全些。

后来的事情表明，他们确实是安全的。无论此前究竟有过多少摩擦与纷争，当地中国人都并不曾难为他们，甚至还对他们怀着深厚的同情，在稻子熟了的时节，允许他们收获了各自田里的水稻，还允许他们也收割了一些其他失主地块的水稻。这使他们在 1945 年的那个多事之秋，反倒得以痛痛快快地吃上了大米饭，并借此相对愉悦地度过了那年的冬天和春节。

任何一次群体的迁徙，都会在一定程度上呼应那个著名的"推拉理论"，也就是现住地往外推、移住地往里拉。这些人的不曾离开，就在于现住地的中国人不曾"推"他们，而他们的预往之地即他们的"老家"，也不曾"拉"他们。

不过，在 1946 年的开春时节，那些不曾离开的人当中，也有部分人还是不得不踏上了归途。这主要是由于无法恢复生产所导致的。

"八一五"之后的纷乱局面，使"荣兴农村"的水利设施损坏了大半，水利的恢复是一项技术活儿，而负责水利的那个日本人已经上吊自尽，其他人都"摆弄不清楚"，一时之间也就难以修复。加之电力也断了，很多泵站没法抽水，便致苦咸的海水倒灌过来，使很多朝鲜农户没办法开展生产。另一部分走掉的人，则由于没有稻种，也没有足够的口粮，一家人没能力启动生产，也不能保证近期的温饱。

安太久的父亲也在此时动了"回家"的心思："还是回家吧，家里还有兄弟，应该能想想办法。"接下来的好几个夜里，安太久看见父亲和另外几个朝鲜农户聚在一起，悄悄商量着行程。然后有一天，他就被告知要走了。

虽然迟了几个月，他们还是踏上了返乡的路途。

天还很冷，春寒料峭。十几户人家，几十个人，拖儿带女，行程缓慢得令人气馁。由于他们都属赤贫，也是一路乞讨。乞讨时"大家会分散开去，这样乞食会容易一些"，等要离开的时候再在约定的地点会合。没几天，安太久的草鞋就破掉了，他只能光着脚丫子赶路，"脚趾头都快冻掉了"。原本安太久的父亲还背着家谱，后来实在背不动了，"也没舍得扔，而是坐地烧掉了"，看着那一页页纸张缓缓地化为灰烬，安太久看见有泪从父亲的眼角悄悄滚落。

就这样走走停停，将近2个月才赶到了丹东。在这个传说中的地方，遇了很多滞留于此的同胞，并获知依然没法"回家"，依然受阻于三八线。就像他们当年的迁徙取决于国际政治与军事一样，此刻的不得回家也由国际政治与军事所决定，尽管他们对那玩意儿一窍不通，更貌似与自己八竿子也拨拉不着。

安太久一家7口就这样滞留在了丹东，没有钱，也无处可去。

安太久说——

那时候正赶上八路军在丹东，把我们这些流浪的朝鲜人都给安排到了一个朝鲜学校，我一看那里很多人都是从"荣兴农村"来的，估计得有七八百户。我们在那儿待了能有两个月，后来就组织我们去了宽甸。到了宽甸，给我们每家分了2亩地，地里有种好的玉米、大豆、地瓜啥的，让我们自己侍弄着，以后收了当口粮。然而到了12月份，国民党军队来了，说这些地是别人的，要还给别人。不过看我们可怜，最后还是让我们拿走了收成的三分之一。

到了来年开春，也就是1947年3月，家家又没有吃的了，我们就又开始走，走到了沈阳的西塔。那时候沈阳有国民党的政府，政府人员说："房子有的是，你们自己挑一间住吧。"我们就找了一间空房子。当时很多人都逃走了，所以真的有很多空房子。

虽然有了房子，但是没有米，也没有柴。后来我就去火车站捡煤，给我打下手的是我的大妹。那时候家里只剩下我和大妹两个孩子了。我最小的弟弟在去丹东的途中就送人了，送给了一户汉族人家，我母亲没有奶水，根本养不活他。我的二弟和二妹都是在到达丹东后不久就病死了。我们一家7口人，就这样只剩下了4口。

我和大妹一天能捡三四十斤煤，拿到街里卖一些，剩下的就自己烧，烧煤做饭。以前我们从来没有烧过煤，感觉挺新鲜的……我父亲始终在找活儿干，可是都不长远，家里总是吃了上顿没下顿的。过了一段时间，父亲觉得实在维持不下去了，又打听到我大伯还在铁岭，我们就奔去了。我大伯是"铁岭安全农村"的农户，当年跟我家是脚前脚后地到了中国东北。

这时候的大伯一家已从"安全农村"搬去了铁岭街里，在家里做些麦芽糖，再拿到街上去卖，也是勉强维持生活。我父亲就去山上砍柴，卖了买粮吃，完全不够吃，全赖大伯周济。后来父亲就说："你大伯卖糖也不容易，我们还是走吧，回荣兴吧，毕竟那里能种稻子。"

就这样我们又离开了铁岭。大伯凑钱帮我们买了火车票，使我们坐火车到了营口。从营口过辽河（今大辽河）的时候，我们全家人身上已经没有一分钱了，摆渡的船公看我们可怜，还是让我们上了船，说："没钱就算了，啥时候有啥时候再给吧。"过了河，船公还给了我和大妹一人一块苞米面饼子。船公是个汉族人。新中国成立后我还特意找过他，没找到，据说回老家河北了。就这样，我们一家千般章程用尽，最终还是回来荣兴种水稻了。

尽管荣兴也并非自己的家园，当再见荣兴之际，安太久一家人还是感到了异样的亲熟。当晚，他们就在业已改称为"中央屯"的原"中央区"找了一间空房子，自此住了下来。

次晨，安太久的父亲早早起身，出去寻访旧相识，很快就喜悦地转回来，说已经可以抽水种稻了。

这时已是1948年春天了。

结合相关史料可知，包括荣兴在内的辽河口这片稻田区，当年已被统称为了"盘山农场"。1947年6月，一份名为《科学大众》的刊物曾刊登了一篇引人注目的文章，题为《中国最大的农场——盘山农场》，作者富德淳。文中说——

这个农场，现在分做荣兴、南满、新义、平安、天一、田庄台、

二道桥子、大洼、任家、新立十个地区，而以大洼为中心……现在的
盘山农场，是接收日伪的土地开发会社盘山办事处，"满洲拓殖公社"
盘山出张所，四先公司，天一、平安、南满、新义四农场集合组成的。
这个在东北，在中国，在远东，都是规模最大的农场。

也正因此，国民党在 1946 年年初就曾将其全盘接收，统以"盘山
农场"之名进行恢复性生产，不过"因为经费无着，工作是停顿的"。
同年 4 月，"农林部来接收，改组为国立农场，当时因为春耕在即，
为避免荒芜起见，便先行起耕、吸水、播种等工作，但因小丰满（发
电厂）受到破坏，只好利用柴油机吸水灌溉，完成一千公顷左右的复
耕面积，到秋收时得到流通券六百万元的盈余。到了十月，由（东北）
行辕、农行、农林部、辽宁省府四单位扩大经营，出资组成'盘山合
作农场'，拟定计划，正当进行修复水利工程的时候，到今年（1947
年）二月又奉令移交国防部东北屯垦局接办。短短的一年间换了四回
主管……"。

这段记述来自"盘山合作农场"的组建者齐世英，即《巨流河》
作者齐邦媛的父亲。他说："我到盘山一看，果然是一个伟大的事业，
回来我便计划成立盘山合作农场。"不过这个计划尚未落实，辽沈战
役打响，国民党很快被彻底逐出了东北。

就在安太久一家回到荣兴的同期，中共辽南区第五行政督察专员
公署曾派遣专员闫志遵，对盘山农场的即时情况展开了田野调查，于
1948 年 6 月 21 日拟就了一份《关于盘山农场情况报告》。

报告记载，"田庄台、荣兴、平安、天一四处扬水场，现尚完整，
未遭破坏。新义农场机器全部丢失了，无法恢复。南满一、二农场丢
失部分零件及机器。二道桥子扬水场电器材料则丢失很多，但主要机
器尚未丢失，仅水道坏了部分，恢复还不甚难"。由于当年"送电太
晚及群众稻种困难"，这大片稻田"只种了两万余亩"。结论是："这

样规模较大的农场，必须设专门管理水利机构组织，有计划地领导恢复水利工程及将来进行生产……"

在已复耕的 2 万余亩稻田当中，就有安太久家的几亩。

安太久说——

那时候中央屯已经选出了一个村长，村长给大家分地。撂荒地非常多，种不过来，各家各户都量力而种，种多少都行。但是我家一分钱没有，没法启动生产，就由村长帮忙接洽了营口的一个汉族地主，租种他的地，他给我们提供口粮、种子和肥料，协议是秋收后六四分成。当时也没有什么吃的，就是高粱、小米和豆饼，还不够吃。好在当年收成不赖，我家得了四成。秋收后又全家齐动员，到地里拾稻落儿（收割时落在地里的稻穗）。这样就存了点儿余粮，能够过冬了。

1948 年 11 月 2 日，东北全境解放。

1949 年 10 月 1 日新中国成立后，原"荣兴农村"属地设立了荣兴农业技术指导站，简称"荣兴农站"。1951 年又在荣兴一屯即原来的"1号"部落建立了"第一自营农站"，在西大井子建立了"第三自营农站"。其间生产方式基本是公私合营，即将土地租给个体农户耕种，农站负责供水并贷给部分生产与生活资料，秋后按熟地 45%、荒地 34% 的比例收取提成粮。

1953 年，国营荣兴农场成立，中央屯成为隶属农场的一个生产大队。

安太久一家及所有朝鲜移民的漂泊生涯，至此结束。

第三章　后来

天时不如地利，地利不如人和。

——《孟子》

11. 再聚辽河口

从 1953 年起，国家农垦部开始在辽河口地区组建国营农场，国营荣兴农场为第一批成立的 3 个国营农场之一。当年居于中央屯的朝鲜族农民绝大部分被吸收为农场职工，并成立了"中央屯朝鲜族生产大队"，直属于国营荣兴农场。

到 1955 年，辽河口地区已组建 17 个国营农场，其中 15 个农耕农场、2 个苇田农场，形成了辽宁乃至整个东北地区最大的国营农场群，一时之间名声大噪。散落在东北各地的朝鲜族人闻讯后纷纷奔赴而来。如果以最后一批集体落户为标志，那么可以说自此直到 1995 年，又有一大批朝鲜族人陆续从四面八方会聚到了这片土地，构成了今天盘锦市所属的 16 个朝鲜族村屯的基础。

朝鲜族人的陆续到来因由很多，但根本上仍是被"那里能种水稻，能吃大米"的传闻所深深吸引，"逐稻而徙"又"逐稻而居"的习俗，在这 40 年间得到了鲜明体现。后来的事情表明，这也是朝鲜族将这一属性的最后一次落实，宛若"逐稻者"的"绝唱"。

关于朝鲜族人在这一时期的流动与生活，在访谈中得到了堪称最为翔实的回应，这得益于受访者基本都是那场大会聚的亲历者。当往事依稀，情又难禁，追述起来便格外清晰生动。纵而观之，20 世纪 70 年代中后期，是朝鲜族人会集此地的最为集中的时期，人数也最多。

这就涉及了"外来户"一词。

新中国成立初期，国家之所以在辽河口地区投入大量人力物力来发展农业，在致力于发展稻作事业之外，还有一个重要因素就是此地仍然具有"地旷人稀"的显著特征，人口密度较同期的其他地区要低得多，以至于被称为了"南大荒"，与黑龙江的"北大荒"好有一比。也因此，在1948年东北全境解放之后，此地也曾像"北大荒"一样成为"军垦"之地，尽管驻军在1951年就奔赴了朝鲜战场，却仍在短短两三年里就开垦了大片荒原。

到五六十年代，此地也因"地旷人稀"而成为"五七大军"的下放之地，尤其成了"知识青年"重要的"上山下乡"之地，十几年间陆续接收知青14万多名，为辽宁省安置知青最多的地区，多到已经使部分生产队的农民形同了"芝麻盐"，已像散落在知青这捧"盐"里的星星点点的"芝麻"。

由此不难想象，当20世纪70年代知青陆续返城之际，尤其在1978年知青全部返城之后，这片地区该有多少田地面临了无人耕种的局面。为使这些由知青流血流汗辛苦开垦出来的农田不至于重归荒芜，时属营口市的盘山县、大洼县就发出了面向全国招户的消息，并得到了广泛响应。在这一背景下陆续到来的14个省、市、自治区的所有外地人，均被统称为"外来户"，"外来户"也成了1984年建立的盘锦市别具特色的一个历史名词。由于一些乡和生产队在散播这一消息之时，还特别强调了要招朝鲜族人——"朝鲜族种稻子厉害啊"，这一时期的"外来户"中朝鲜族也为数不菲。

当年都是怎么得知消息的呢？

那还真就说不出具体来路，总归就是一个传一个。我们这个民族就是这样，逢年遇节都爱聚堆儿，吃饺子打黏糕，边吃边唠，这样你知道的信儿我就知道了，我知道的信儿你也知道了。另外，那时候人们都喜欢写信，冬天写得更频，各地的消息也都这么交换了……第二年开春之前，想活动的就活动了，正好能赶上种地。不过我家是个例外，冬天就来这儿了，没等到开春。

言者为李君浩，来自铁岭，在1974年冬天。

李君浩家原本也是"铁岭安全农村"的农户，在"八一五"之后同样因无法继续耕种，而像安太久的大伯那样迁挪到了铁岭街里，靠父亲打零工为生。由于在街里处于混居状态，而且周边只有他家一户是朝鲜族，导致李君浩兄妹"都不大会讲朝鲜话，只听得懂"，他父亲觉得这样下去"不是事"，就趁机搬来了辽河口地区，成了后来著称于盘锦的"二创"朝鲜族村的第一批村民。

"二创"是相对"一创"而言的一个村子，两者都创建于20世纪70年代，"二创"较"一创"略迟些。两者也都是一个独立的稻作生产单位。这意味着两个事实：一是村民的住房均需新建；二是村民耕种的土地大多属于处女地。创村垦荒的艰辛也就可想而知。李君浩说——

我家来的时候，"二创"还是一片苇塘哪，野兔子野鸡啥的乱跑乱飞。当时已来了40多户了，都搭帐篷住着哪。"创建指挥部"的领导也在帐篷里办公，书记姓何，参加过抗美援朝，对朝鲜人种的水稻有很深的印象，所以招户时特别点名要招朝鲜族。

我们一边住着帐篷，一边盖房子，都是简易房。先用4根木桩立起房屋的框架，再用苇编的帘子把四周围起来，这就有了房子的形状了。然后把冻土层打开，一直挖到暖土层，把暖土取出来和泥，再把和好的泥糊到苇帘子上，糊上一层又一层，糊到足够厚了，就是墙了。再装上门窗，房子就算建妥了。现在看，那都是糊弄房，但是当年也没有别的法子。就这么建好一栋，我们住进去一栋，大伙儿挤着住……我们都是合起伙儿来一栋一栋地建，建好一栋合住一栋，建多了，再陆续分出去。

那是冬天啊，墙泥都是一边糊，一边就冻上了。住进去之后得在屋里烧火取暖，热度一上来，墙上的泥就开化了，那都直往地上滴答水啊。房棚是用苇把子苫的，苇把子就是用绳子把苇子勒成捆，一捆捆地在檩子上排开去，再糊上泥，最后再苫上一层厚厚的稻草。苇子有的是，苇把子也都勒得挺厚的，以求多挡点儿风寒……

建房的木材，像檩子、椽子啥的，都是"国拨"的，就是国家给拨来的，那都是何书记争取的。何书记是国营甜水农场的党委书记，我们这个新建的村子就隶属于甜水农场。何书记是汉族，但是他会说朝鲜话，还说得很好，也特别爱吃我们民族的小咸菜……

在辽河口地区，经历过这份艰辛的朝鲜族为数不少。作为一个村落的创建者，这部分朝鲜族深以为荣，也是他们坚定自尊并获得他尊的重要来源之一，如今对此仍然津津乐道，其中陈家镇的吕相哲所述尤其翔实生动。

吕相哲是 1944 年生人，也是他所在的朝鲜族村里最年长的男性，现在村里比他年长的"只有三四个老太太，没有更多了"——

我家那时候正住在桓仁，桓仁是山区，水田少，产量还低，就吃不饱。听说这边都是平原，地很多，大米随便吃，就过来了，1974 年 3 月 19 日到的，这个日子我记了一辈子。那时候这个村子还一栋房子都没有呢，生产队就安排我们先住到汉族村里……谁家房子宽绰，就腾出来一间来给我们住，白住，不要钱，那叫"串房檐"。早晨在房东家里吃饭，自己另开伙，饭后就来这个新村的工地上干活，垫房基，盖房子，到季节了也整地种水稻。住地和工地相距 3 里地，每天晌午都不回去，晌饭在早晨就带来了。

现在说起来好像挺难，那时候却也没觉得咋难，那时候咱没经历过更好的生活，没有对比，就不觉得辛苦。要说难呢，就是在喝水上犯了难。你想桓仁的水多好啊，都是清亮亮的山泉水，到这儿一看全是泡子水，水的颜色都不对，水面上还盖着一层水虱子，就不敢喝。第一天我拎着水桶去了水泡子，又拎着空桶回来了。回来跟房东说："那泡子里的水能喝吗？"房东老头儿说："喝吧，我们都喝多少年了，没事。"后来也就那么喝了，不喝也没辙，再没别的水……房东老头儿告诉了喝法，先拿纱布过滤一下，再用矾净化，烧开了再喝。

到 1976 年秋天，村里已盖起了 16 栋房子，住进了 16 户人家，全是朝鲜族。这时候我们就在村里挖了一口井。说是井，其实就是 2 米深的一个坑，能上来点儿地下水，再扣个盖，就算是喝上井水了。不过我们在田里干活的时候，还是喝上水线里的水，没有自己带水的，也没事，没有因水生病的，那时候的辽河水也相对干净。

还有一个不好处，就是到这儿之后就把汉话都扔了。住在桓仁的时候，我们都是和汉族混居，我学会了不少汉话，说得可溜呢……我跟汉族相处得可好了，听说我要搬家了，他们还劝我不要走。但是朝鲜族好搬家，听说哪儿好就上哪儿去，就还是搬了。住进这个村里之后，周围就都是朝鲜族了，没有机会频繁说汉话了，就渐渐地都给忘了。等改革开放后，我去北京卖咸菜了，跟汉族的接触又多起来了，才又把汉语捡起来，要不现在咱们都没法交流了。

从桓仁搬出来时带了点儿粮食，3 个月就吃没了，就跟生产队说明情况，借了点儿苞米出来。秋天时还了稻谷，1 斤苞米还 1.1 斤稻谷，给找差价。在我家搬来的 1974 年当年，我们就种水稻了，亩产达到了七八百斤，秋天时那稻穗子都沉甸甸的弯着头，汉族看了可服气，说："不服不行，就那破荒地，人家能种成这样。"当初把我们招来的那个大队长也因此出了名，随后就被调到公社去了，提拔了。那个时期我们朝鲜族普遍比汉族能干，不如汉族能干是近年的事。

等稻子收完打完了，我家的房子也建妥了，冬天到来之前我们一家就搬了进去，从1974 年一直住到现在。我是这个村子的创建者，也算是盘锦的老人儿了……房子盖得挺好的，房墙下边是石头和砖，上边是土坯，房顶苫稻草，两面坡的尖房。不过那阵儿没有玻璃，就在窗户上钉了块塑料布遮风挡雨。即便是这样，那在当年也算是好房子了，还是国家给了不少照顾才建起来的，像石头、砖、木头啥的，都是用国家贷款买来的，过后我们再慢慢还。

对了，当年还感觉到另一个不好处，就是这地方风太大，靠海边呀，春秋两季都刮挺大的风，现在也是呀，只不过习惯了，就不觉得那么大了。当年则很不习惯。桓仁从来没有大风，转圈都是山，刮不出大风来。这是给我挺深的一个印象，一刮风都睁不开眼睛。还有一个是蚊子多，蚊子的个头儿还特殊大，晚上在外头上个厕所都不行。这地方水多，荒草多，而"水多产蚊子，草多藏蚊子"。

也不是所有的朝鲜族"外来户"都能在当年就取得收成。比如我们北边那个村，那里的朝鲜族是从丹东过来的，原来都散居在一个小山沟里，在鸭绿江边。那年汛期涨大水，冲坏了不少房子，听说这边招朝鲜族，能吃上大米，还能找到朝鲜族对象，就都搬过来了。

1975年是他们第一年种稻子，费了很大劲儿。当年不是海城地震了嘛，咱这儿也受到了波及，把稻田都弄得鼓鼓隆隆的，像坟包似的。海沙也冒出来了，把原来的上下排水沟都填平了。他们就得重新整平土地，重新清理水渠。那些工程的70%是政府派来挖沟机挖的，剩下的30%全靠他们一锹一锹地挖，就这么千辛万苦地才种上了稻子。

可是你说点儿背不？当年8月里他们又遭遇了大水，辽河发的大水，弄得村子四周全是水，一片汪洋，家家都能屋里抓鱼。当年种的2000多亩稻子就颗粒无收，你说那得有多绝望吧……倒是没缺吃的，国家给拨了苞米，属于返销粮。但是没有烧的。咱这地方一直就不缺烧的，荒草野苇子多得是——那些年我们经常在野地里用苇子烧火烤蛤蟆吃，燎巴燎巴就吃，可好吃了——可是那年由于发水，附近就打不着柴火，得去挺远的大苇塘里弄烧柴，还没啥好柴，就是搂苇叶子、刨苇根子，苇子都割完了呀，就剩点儿叶子和根子。

那个村的朝鲜族是到第二年秋天才吃上大米饭的，我们是到这儿第一年就吃上了。1974年秋后吃第一顿大米饭的时候，这么大的碗，我连吃了3碗……为啥朝鲜族人都愿意过来呢？就是为了吃大米饭，其他地方不种水稻，你就基本吃不着大米饭，顿顿啃苞米，吃够够的。不过搬过来当年就能吃上大米饭的还真就不多，我们是幸运的。

总之啊，我们这些人就是个吃苦的命，也总是看将来、看希望，而不是看眼前。如果看眼前的话，可能就谁也不会过来了，过来了也未必留得住，毕竟创村、创业太难了。那时候最吸引我们的地方，就是离山远点儿、平原多点儿、能种稻子的地方，盘锦这一带正是这样的，所以大家才陆续来了，有的当年就看见了希望，有的还得再等上两年。不过也算来对了，虽说吃些辛苦，但是大米饭也真是随便吃了，用句时髦话说叫实现了大米饭自由……

后来发现，对"外来户"的朝鲜族，也存在一些不同的声音——

那些人啊，不是在原地过得不好的、没有房子的，就是在原地有说道儿的，很可能在原地不受人待见，要不也不见得就会出来……我们朝鲜族人的婚姻家庭观是很正的，如果你不孝顺，或者作风不好，那么全村人都不待见你，怕自己的孩子跟你学坏了，你在原地就很难待下去了……

虽然言者是明显地意犹未尽，却也决不肯再多说了。

不过，"说道儿"这个词也常常用在汉族"外来户"身上，那些年里盘锦的汉族"外来户"远远超出朝鲜族"外来户"。当"说道儿"用在汉族"外来户"的身上时，往往意指那户人家很可能是在那个年代备受争议的"超生户"。

纵然如此，对朝鲜族"外来户"的不同声音的存在，也表明朝鲜族虽然一向以团结著称于辽河口，内部却也并非全无争讲，而且这个偏见延续到了现在。现在朝鲜族评判某个朝鲜族村的民风良莠的时候，还会将其是否以"外来户"居多作为一个重要参照指标。

尽管40年间陆续迁来了很多朝鲜族，并且创建了多个新的朝鲜族村落，但是朝鲜族在辽河口地区的核心居住地仍然在国营荣兴农场，确切说是在中央屯。

在国营荣兴农场创建之初的短短几年间，中央屯就发展到了200户左右，之后虽然也是有来有去，但基本保持了这个规模。这样的规模使中央屯成了辽河口地区最大的朝鲜族聚居区。这样的属性带来了许多便利，比如国家的少数民族政策总能最早也最彻底地落实于中央屯。而且，在21世纪最初的十年里，中央屯仍然保持着辽河口地区最具民族特色的朝鲜族村的荣誉。

在当年，民族语言也在中央屯得到了最早的复兴，似乎重新聚族而居并渐渐安定下来，使朝鲜族人意识到了修复自身民族文化的重要性，并在1954年率先得到了落实，就像安太久在前文所述的那样。这个使本民族语言、文字得以重拾并基本普及的过程，如今也仍被朝鲜族引以为荣，并连连感叹"我们朝鲜族是非常重视教育的"。朝鲜族在辽河口的重聚，由此更具价值。

12. 荣誉"主人翁"

自国营农场于 1953 年陆续成立，直至 1983 年家庭联产承包责任制全面推行，30 个春秋里，朝鲜族在辽河口地区收获了普遍的社会尊敬，成了这一带名副其实的荣誉"主人翁"。

这一事实的成就，根本上得益于朝鲜族在生产上的拔尖表现。

以国营荣兴农场的中央屯朝鲜族大队为例。

这个大队自 1953 年成立之日起，就迅速成了国营荣兴农场的先进生产单位，继而成为盘锦农垦局的典型，再成为闻名于国家农垦部的典范，始终发挥着强劲的样板力量，带动着周边生产单位的一致看齐。所谓"一般号召软弱无力，有了样板坚信无疑"，这使中央屯大队在辽宁实现粮食自给自足的进程中，做出了引人注目的贡献。

不过过程也并非一帆风顺。

在建队的最初几年里，中央屯也曾出现频繁的搬家现象。"搬家"在朝鲜语中音似"卡架"，这个奇妙的"卡架"一词便也频频出现在了国营荣兴农场的档案文件中。其中一份会议纪要显示，时至 1960 年，中央屯朝鲜族大队的生产秩序还一度因朝鲜族农工的率性"卡架"行为而颇为混乱，并令人深感挠头。中央屯大队党支部曾总结了朝鲜族农工的"卡架"特点：生活困难要"卡架"，稻苗坏了要"卡架"，农闲放假要"卡架"，秋收以后有了钱也要"卡架"。

在访问过很多朝鲜族农工之后，得知当年这种频繁的"卡架"现象并非中央屯的个案，在其他几个由原来的"集团部落"改制的隶属于各国营农场的朝鲜族大队里也普遍存在。甚至也并非辽河口地区朝鲜族的个案，而是东北的所有朝鲜族都一度表现出了这样的倾向。

如今的朝鲜族老人对此并不讳言，反而会颇有兴味地掐指盘算一回，然后纷纷报数。有人说自己这辈子总共搬了21次家，有人说搬了17次，有人说搬了9次，有人说搬了3次，而这也是次数最少的。当时在场的11位老人里，没有一人是不曾"卡架"过的。

接下来他们历数了自己屡次"卡架"的缘由。其中最为令人讶异的一个说法是这样的——

那年我从这儿搬走完全是因为使不好筒锹。那时候咱这儿修沟挖渠都用筒锹，就是那种又瘦又长还带弯兜的铁锹，我从来没用过，我以前用的都是"王八锹"，也就是板锹。使不好筒锹就让人笑话，还不出活儿，就因为这个我搬走了，兜兜转转了一圈，后来又搬了回来。

此说引来了众人的哈哈大笑。笑过了，最终还是将朝鲜族的"卡架"倾向归因为了"穷"——

其实那时候纯属穷搬家，越穷越搬，越搬越穷。要不那时候朝鲜族的日子咋迟迟过不起来呢，你想想啥家底儿架得住这么折腾呀？

显然，从一处迁往另一处，对朝鲜族来说并非一个多么了不起的决定，落实那个决定也并不需要下个如何了不起的决心，甚至只要"临时起意"就足以使他们抬起双脚了。鉴于"搬家"在汉族文化中的分量，朝鲜族的"卡架"行为也一度给汉族留下了深刻印象，并深觉不可思议。

马姥姥的外孙赵邦国就曾被他的一位朝鲜族朋友给惊到过——

昨晚我还和他喝酒呢，酒桌上热热闹闹，搬家的事他只字没提，也啥都没说。可是第二天一早，就见他家人去屋空了！就剩个捣打糕的石臼撂在窗根下，还有个喂牛的木槽子。那才叫个怪叨哪！

久而久之，当地汉族文化圈里便形成了一个"朝鲜族爱搬家"的印象。对此，纵然是相对年轻的一代朝鲜族也普遍认账，且毫不勉强。

有人说——

我小时候确实总听我爸说搬家搬家，一到冬天就想搬家。

有人说——

我小时候也常搬家，记得有一回是三天就搬家……那时候好像是听说哪里有点儿前途就搬去了，到那儿一看不是那么回事，就马上又搬走了。

有人说——

听我父亲说那时候朝鲜族特别爱搬家，有的人家一年能搬好几次……或者跟大队长闹别扭了，或者在屯子里受欺负了，都搬家，事情发生的第二天就搬家。而且朝鲜族搬家基本是背起行李就走，有时候连锅碗瓢盆都不带，搬到那边现置办……没有钱啊！没有钱他也不带，他会把座钟带着，到那边把座钟卖了，然后再买饭碗去。

前文提到的陈守判，虽然对朝鲜族的爱"卡架"现象也没有反驳，却提供了另一条"卡架"的理由——

也不能说朝鲜族天生就爱搬家，其实那也是为了生活。而且那些年里你们汉族大多不会种水稻，可是又想种水稻，所以各地就都找我们朝鲜族人去当水田技术员。有的地方我们应邀去了，到那儿一看并不适合种水稻，或者水不行，或者地不行，那就只能再搬走了。

无论如何，朝鲜族对"卡架"的不够慎重是著称于辽河口了，缘由也是显而易见地众说纷纭。曾经以为上述说法都是导致这一现象的有效因素，直到在一位"90后"朝鲜族姑娘那里听说了一件事，才感觉事情的本质或许并非这么简单直接。

这个很文气又很静气的朝鲜族姑娘，就是安允熙的外孙女金姝媛。金姝媛已参加工作三四年，在一个事业编制的单位里。当问及她在成长过程中可曾感受过哪些民族差异之时，她认真想了想，说——

平常几乎没有感觉，因为朝鲜族的民族特征不是很明显。不过，有一次给我的触动就特别大。那是在大学期间，有一次在放假回校后，同宿舍的同学们闲聊，其中一个同学就说假期去了四奶家，四奶给她做了各种好吃的。当时"四奶"这个称呼就让我很吃惊，也不解，她解释说就是"四爷"的妻子。而"四爷"这个称呼也让我深感陌生，她细细讲了半天我才明白，她说自己还有"六爷"和"六奶"呢。她是汉族。直到那一刻，我才忽然意识到自己的家族有多么单薄，自己的民族扎在这片土地上的根系有多么单薄。

那么，朝鲜族一度频繁的"卡架"现象，是否也缘于当年的他们还不曾在东北大地的任何一个地方扎下深深的根系？还不曾与东北大地的任何一个地方建立起更多更深的牵绊，以至于东北大地的任何一个地方都可以成为他们的"家"？于是他们就哪儿"遂心"奔哪儿去了，哪怕只是道听途说的"遂心"。

当年为终止"卡架"现象的无序蔓延，盘锦农垦局的各级党委，尤其是中央屯大队党支部，都做出了很大努力，曾为此"加强政治思想工作"，并"着重进行前途教育，讲大好形势，搞生产的有利条件等"，助力朝鲜族农工"树立以场为家的思想"。之后，随着国营农场的日益发展，这种努力终于渐渐"坚定了大多数职工的信心"，使"卡架"现象得到了有效缩减。得之不易的"家安心稳"的局面，也使中央屯朝鲜族大队的稻作生产得到了迅猛发展，很快就实现了亩产的"跨长江""过黄河"。

其实，从客观上来讲，那几年里也难怪朝鲜族要"卡架"的，毕竟当时人们对这片"退海之地"的治理能力仍然处于初级阶段，纵然有了国家农垦部、盘锦农垦局等各级部门的鼎力支援，却也仍需必要的时间用以过渡。这一过程颇为艰辛，倘若还遇了天灾，确实是难免"军心动摇"的。比如1957年荣兴农场就遭遇了严重干旱，致使土壤盐分大增，很多田地不仅种不了水稻，甚至已出现了大片的光秃秃的现象，任谁见了都难免会深感绝望而生出逃避的心思来。

无论如何，荣兴农场的朝鲜族农工经历了这一切，也克服了这一切。在多年与盐碱斗争的实践中，他们还逐渐了解了盐碱的习性，摸清了"盐随水来，盐随水去"的规律，并发明了"洗盐淋碱"等种种土壤改良的有效办法，尤其为免去盐碱之害而兴建了大量的农田基本建设工程，并推出了多项具有拐点意义的"发明"。

比如当年的稻田都是大格田，格内地又不平，就使储水不均又排水不畅，盐碱也洗淋得不匀，导致很多地块的水稻都长成了四边高、中间矮的锅底形，亩产只有四五百斤。"馒头地多打粮，锅底坑拉饥荒"的俗语也在群众中广为流传。

中央屯大队为此在 1959 年就启动了农田基本建设工程，平整了土地，增挖了毛渠，进行了全面的田间渠系改造，使田间形成了三级排灌系统。尤其缩小了田格，将每格稻田面积限定在了 0.2 ~ 0.5 亩之间。如此种种都是史上空前的田间管理改造，并被实践证明为富有卓效，以至于应用至今。

实际上中央屯大队是辽宁省内第一个将稻田改建为标准条田的生产单位，也由此被农垦部举为稻作生产的样板。现在很多朝鲜族老人还在为此骄傲："那时候啊，咱中央屯大队满墙都是奖状！"

还有一个同样令朝鲜族农工骄傲的"发明"，在于他们同样在那个时期，开创性地利用起了稻田的埝埂（间隔稻田的土堤），在一条条埝埂上率先种植了大豆，而且同样迅速地扩散开去，也同样延续至今。这种大豆俗称"埝埂豆"，许多年里一直以品质更好著称于辽河口。不过朝鲜族农工对此并不自矜，老人们说——

严格来说埝埂豆也不能说是我们"发明"的，因为那实在是被农场"逼"出来的。那时候全国都讲究土地利用，农场也特别强调"金边玉角"，寸土必争。我们就寻思那边边角角的地方，比如稻田里的一道道埝埂，咋能利用上啊？埝埂上的杂草必须除光割尽，要不影响稻子产量，后来寻思那就种豆吧，反正都得除草。给水稻上肥的时候就随手扬上了一把豆种，没想到还长得特别好，豆荚结得更多，到秋天收了，大家分分，就家家户户都够吃一冬的了。就这么试着种了，没承想还成表率了。

中央屯朝鲜族生产大队连年的高产与稳产，也使朝鲜族农工赢得了"吃苦耐劳"的美誉，事实上他们也确实是极能干的。在那个讲究集体行动的集体制时期，朝鲜族生产大队也有很多机会去助力汉族生产大队的农忙，比如插秧，比如拔草。这两件农活都格外讲究农时，于是当个别汉族生产大队未能如期完工，而他们又刚好忙完的时候，他们就会在党支部的号召下集体出发了，奔赴几十里地开外的汉族大队去义务帮忙，他们的任劳实干也随着他们的一次次出征而美名远扬。

尤为令人感叹的是，朝鲜族妇女也同样能干，且不以为苦。

车玉英说——

那时候女人同样下地干活，插秧的时候水拔凉拔凉的，那也干。插秧都是大弯腰，弯久了腰疼，挣命似的疼，就那直起身来歇一会儿。说是歇歇，其实也不闲着，而是一边直直腰，一边还要唱起来，那阵儿唱得最多的是《阿里郎》《道拉吉》，《道拉吉》就是《桔梗谣》……

我们在国营农场，条件还算好的，有雨靴等各种劳动保护用品，公社的社员很少有劳保，那也一样干。我们朝鲜族女人能干是出名的，爱唱爱跳也出名。其实也不由你不玩命干，那时候都讲究竞赛，各大队竞赛，大队内部的各个生产队也竞赛。我们中央屯大队有12个生产队，谁都想拿第一，队长想，队员也想，劲头还都特别足，所以就人人都玩命干，从来不会耍滑头。

所有的付出都促成了一个结果，即中央屯朝鲜族大队的粮食产量于那些年间一直在国营荣兴农场位居榜首，中央屯朝鲜族大队也始终是模范生产大队。这使中央屯朝鲜族大队及其党支部，在相关档案文件中频繁可见，且尽为溢美之词所围绕——

中央屯生产大队自1953年以来的十年中，耕种面积不断增长，劳动生产率不断提高，创造了水稻连年高产丰收的先进经验。

中央屯大队几年来在生产上和完成各项任务方面都很出色，这个党支部确实是我们全局在支部工作上的一面旗帜，号召各单位学习。

中央屯生产大队党支部是荣兴农场的先进单位，现有党员37名（预备党员2名，妇女党员4名）。支部按12个生产小队建立了11个党小组。该大队获得了1961年农业丰收年，"三包"计划147万斤，实际完成153万斤，上缴国家粮食107万斤，上缴利润38万元……

那个时期在盘锦农垦局内部，能与中央屯朝鲜族生产大队一争高下的只有国营平安农场的平安朝汉联合生产大队，还曾一度被平安给比了下去，从而在整个盘锦农垦局里流传开这样一句话："远学大寨，近学平安。"这句话令中央屯的朝鲜族农工耿耿于怀至今，纷纷强调说："那只是一时，很短暂的一时，很快我们就又超过他们了！"

事实证明，要想实现高产稳产，只靠"良种壮秧""精插细锄"以及"吃苦耐劳"也是不够的，还务必要有稻作技术的加持。中央屯的很多人，因此都曾有过到汉族生产大队担任"技术员"的经历。

中央屯的皇甫孝说——

只有会说汉语的人才能去当技术员，而那时候会说汉语的朝鲜族人还很少，所以各个汉族大队都抢着来中央屯要人。要去了，就长年驻扎在那里，在田间地头手把手地传授稻作经验和技术。后来感觉一个生产大队配备一个技术员远远不够用，就开始着意培训朝鲜族农工说汉话，会说汉话的朝鲜族农工多了，就一个汉族生产队配备一个技术员了。

那些年里，这一片的每个朝鲜族村都得派出去几个技术员，去教汉族工友种稻子，像选种、催芽、插秧、看水啥的，都是技术性挺强的活儿，没有扎实的经验搞不好。我们都挺愿意去的。汉族工友对我们技术员都可恭敬了，身前身后地簇拥着，谁能不乐意去？

与普遍的社会敬意同步到来的，还有社会荣誉。

在那30年里，中央屯朝鲜族生产大队有多人相继被评为各级劳动模范，高至国家级，这样的称号令他们荣誉了终生。同时也使他们空前感受到了主人翁的责任与义务，进而对生产、对职责更加认真负责。1988年生人的具妍的爷爷，就是中央屯第一代朝鲜族农工，也是这代朝鲜族农工的典型。具妍说——

我爷爷是老党员，当过海滨村的农业场长，特别能干，还特别认真。修整水渠挖土方的时候，我爷爷每天都是第一个到工地，第一个抢起铁锹。有一回下雨，连下了一个礼拜，干不了活，我爷爷就上火特别严重，牙龈都肿了，疼得不行，一急眼，他就把里边的大牙给拔了……我爷爷那一代的干部，基本上都是那样的，自己带头干，也就不由得大家不跟着干了。

勤恳踏实的劳动，各级政府的表彰，令朝鲜族农工意气风发。与此同时，作为这片土地的主人翁，他们也拥有了空前的话语权。

从国营荣兴农场提供的一份档案资料中可知，在1962年11月19日至20日，中共盘锦农垦局委员会宣传部曾召开一次少数民族座谈会，共有32名少数民族代表与会，其中回族3人，蒙古族1人，满族1人，朝鲜族27人，包含了农业、商业、文教卫生等各方面代表。总共有17条意见或建议在会议中提出，其中6条是关于荣兴、平安等几个国营农场的整体生产事项，3条是回族代表提出的诉求，余下8条则均为朝鲜族代表所提。

这8条诉求也是8个"希望"——

希望在国营荣兴农场设立单独的朝鲜族小学；希望在营口设立朝鲜族中学；希望在营口设立朝鲜族教师函授部；希望在新华书店能看到更多朝鲜文书籍；希望在荣兴8屯设立一个朝鲜族商店，并供应朝鲜族铝锅、调子布等商品；希望解决朝鲜族的文化娱乐和体育活动所面临的经费不足和器材不足问题；希望在国营平安农场的商店里配备1名朝鲜族营业员，在盘锦农垦局的医院里配备1名朝鲜族护士；希望在国营平安农场设立单独的朝鲜族大队。

回族代表提出的3条诉求也是3个"希望"：希望增加回族老人的寿布供应，现供应32尺，实需48尺；希望在回族的大尔代节、小尔代节期间多供应一些豆油，由每人每月3两增加到每人每月1斤，节后再恢复正常供应标准；希望在大洼街、国营西安农场的高坎大队两地设立回族饭馆。

时至今日，那段激情澎湃的岁月，那些对很多人而言正是风华正茂的30个年头，仍会被辽河口朝鲜族农工以相当愉悦的心情来追忆。他们津津乐道于曾经的艰辛，因为那艰辛里蕴含着饱满的荣耀，同时普遍认为那段岁月真是"最舒畅"的日子了。

——因为"省心"：

那时候我们完全是聚族而居，普通人家根本不用跟外界打交道，没那个必要，大事小情都是大队书记和生产队长出面协调。我们农工就只管日出而作，日落而息，下班回家后弄点儿小菜，喝点儿小酒，日子过得那叫一个省心。

——因为"大家都一样"：

那时候你早晨扛锹出工，我也是；你晚饭吃豆腐，我也吃；你过年包酸菜馅饺子，我家饺子也是那个馅的。不论啥时候大家都一样，一年到头也没有心理不平衡这回事。后来就不行了，后来我骑电动车，你开小汽车，那日子可就不好过喽。

——因为"人人都挺欢乐"：

要是跟现在比啊，那时候是真穷，可是那时候咋就不觉得穷呢，还挺欢乐的，有点儿空就紧着唱啊跳的。那时候我们中央屯大队总搞晚会，总是晚上联欢，白天得下地干活啊。那也愿意，搞的节目一台又一台的，每次还会把汉族大队的干部也请来，大家一起乐和。反正那时候人人都挺欢乐，从来没人闹抑郁啥的，连这词儿都没听说过。

显然，他们当年安然于那种清贫的安逸，如今也依然对那份安逸满心眷恋。不过想来，这或许也只是偶尔眷恋一回罢了。

13. 自此大江南北

辽河口地区的家庭联产承包责任制，推行于 1983 年。

从随后的事态发展来看，朝鲜族人将此视为了自己与土地松绑的一个起点，并即刻激活了各自的腿脚，率先在行动上做出了热情的呼应。如今他们分析，朝鲜族人之所以相对更迅速更敏捷地抓住了机遇，在改革开放初期就及时释放了更普遍更强劲的活力，应该就与自身"爱搬家"的习惯相关，尽管这种习惯在很大程度上是遭奚落的，也曾令他们频频以此自嘲。

可是，"爱搬家"本身就意味着"爱流动"，或说并不打怵也并不介意令自己陷于"流动"的状态当中——假如那能使生活变得更好的话。对于这个"假如"，朝鲜族人也并不会像汉族人那样详加侦察，不求有多么凿实靠谱，只要透露出那么一点点希望的微光，就足以令他们做出"卡架"的决定了。"摸着石头过河"的勇气，似乎是他们天生拥有的。

就这样，朝鲜族人的流动自此开启，兜里揣着一点儿钞票和一叠粮票。"八仙过海，各显神通"的时代之光，就像冉冉升起的旭日之光，率先照耀在了早起赶路的朝鲜族人的脸上。

朝鲜族人的脸上，有朝向未来的欢快，也有走向未知的惴惴，但是并不多，因为他们坚信"朝鲜族人到哪儿都饿不死，只要还有人吃辣白菜"。这样的假设造句，成了"朝鲜族人哪儿都敢去"的理论支撑，并使他们的此番流动与其父辈的当年流徙变得颇为神似——

我们的父辈来中国的时候，满世界都在疯传"满洲"地多，还肥沃，绝对饿不死人，只要你勤快。我们往外走的时候，也是全中国都在讲"机遇"，还有"万元户"，而且到处都有扑通扑通"下海"的人。

最早流动出去的朝鲜族人，也确实有不少是仰赖辣白菜等朝鲜族拌菜而"发家"的人。前文提到的吕相哲就是如此——

我为啥出去得那么早呢？就是为了生活得更好。改革开放之前咱没机会，开放了，那还不赶紧"海阔凭鱼跃"去？在生产队那些年，干好了，一年到头能拿回400多块钱，干不好还得倒挂账。承包之后日子好过多了，不过也还是穷，家家都是只有一个柜子两个箱，别的啥也没能力置备。我那时候就特别着急，寻思咋能成"万元户"啊？

1988年的时候，机会来了，我老妹子来信了，让我们到北京卖咸菜去。我有6个妹妹，这个是我最小的妹妹，嫁到延边了，和我老妹夫两个都挺能干，改革开放之初就去北京卖咸菜了，还赚着了，就改行开起了饭店。不过在咸菜上打下的江山也不舍得扔，就想让我们去接盘。我和我老伴、老闺女一商量，就都去了北京。

我是家里的长子，也是唯一的男孩，6个妹妹都是我和我老伴侍候出来的，陆续结婚，陆续离家，所以当她们有能力了，也都会照顾我们，说"辛苦哥嫂了"。

我自己有3个孩子，老大是女孩儿，师范毕业，那阵儿刚参加工作，当教师；老二是男孩儿，正在读大专。老三就是这个老闺女，当时正在读高中，听说要去北京，就说啥也不念书了，非要跟我们一起去，那就去吧，要不她也不爱念书。

幸亏我老闺女去了，要不真还忙乎不开。我们的分工是我老伴拌菜，我运输，老闺女守摊销售，缺一个都运转不起来。我们三个在北京干了5年，一年能挣1万多元。5年后老闺女不干了，非要去韩国，那时候中韩建交了，可以去了。

老闺女不干了，我和老伴也没法干了，这才回来了。回来的时候我就是地地道道的"万元户"了，我是我们村的第一个"万元户"，这是多亏了改革开放，也是托我老妹子的福，要不人生地不熟的咱哪能到北京卖咸菜去……

不具备吕相哲这种直奔首都的条件的人，也是通过各种途径奔赴了其他各大城市，并在改革开放后的短短十年之内，就做到大江南北的"每个城市都有朝鲜族小咸菜了"。受各种因素所限而没能远行的人，则将咸菜摊子支到了盘锦市的每一个角落——盘锦已在1984年建市了——尤其是辽河油田的各个采油厂矿区，那里油田职工的消费水平更高，使这部分朝鲜族人的人生第一桶金同样赚得既迅速又扎实——

真的，那时候市面上的朝鲜族小咸菜都是我们朝鲜族人弄的，不像现在，现在大多是汉族人弄的了，朝鲜族人干的不多了。

在此期间，中韩关系也发生了同步变化，并直接促进了朝鲜族更大力度也更大范围的流动。

自从1953年7月27日《朝鲜停战协定》签订，中韩两国关系就步入了对立状态，互不承认，也互不理睬。直到1972年2月21日美国总统尼克松访华抵京，并在2月28日中美上海联合公报上宣布中美两国关系走向正常化，中韩之间的敌对情绪才随之缓解。鉴于两国之间存在着明显的经济互补，韩国还开始积极主动地开辟对中国的间接贸易，主要通过香港进行。

到20世纪80年代初，随着改革开放政策的推出，我国在重点发展的东部沿海地区设立了经济特区，开放了沿海城市，使之成为吸收外资的基地，对韩政策也呈现了"关门但不锁上"的松动特点。在经过1986年汉城（今首尔）亚运会、1988年汉城奥运会之后，两国关系愈加和缓。韩资也由此进入中国，相继在广州、汕头、福州、青岛直接投资渔业、纺织、餐饮等行业。此后，随着改革开放的持续深入，越来越多的韩资企业步入了更具地缘优势的山东、辽宁两省，尤其在青岛、沈阳等港口及省会城市遍地开花。

中韩两国经济贸易上的频繁密切互动，使盘锦市规模最大的朝鲜族村——中央屯迅速热闹了起来，村委会的电话被没日没夜地频频摇响，几乎每一次都会传来焦急的声音："你们能不能再给我们找几个会中韩双语的人呀，我们这里急需呀！"当年那些在学生时代掌握了汉话的朝鲜族青年，由此成了第一批被派出的"翻译"，纷纷进入了韩资或与韩国相关的合资企业，朝鲜族的就业途径也自此又多出来一条。

其间，韩国来华旅游人数也在迅速攀升，时至 2005 年，韩国已超过日本而成为中国最大的客源国，中国也成为韩国第一大海外旅游目的地国。由于此前中韩关系的不睦，在校选学韩语的人极其有限，韩语导游也就极度稀缺。这样的趋势与事实，也使会汉话的朝鲜族一度成了"香饽饽"。不过越到后来，中央屯村委会也越加爱莫能助了，面对频频的求助电话往往只能咧嘴苦笑："现在我连一个高中生都找不出来呀，都出去了。"

总之，在改革开放的进程中，朝鲜族青年相对普遍的中韩双语都会的资质，成了他们近乎先天的就业优势，并被时代赐予了大加施展的机会，使他们只管接受下来就足以改变各自人生了。毕业于朝鲜族师范学校的朴金秀就是一个典型例子。

朴金秀是 1969 年生人，当年刚刚嫁到中央屯两年，由于"婆家条件差"，日子过得挺累。她就是在得到村委会的消息之后，果断于某事业单位辞职，独自一人去了上海，到一家韩资企业当了翻译。朴金秀说——

在上海，短短一年里我就站稳了脚跟，然后把丈夫和孩子都带过去了。现在回头看，得说改革开放是一个重要的起点，对全国人民如此，对朝鲜族人来说尤其如此，因为那既是朝鲜族经济转折的起点，也是朝鲜族普遍又深入地融入汉族的起点。

事实确实如此。

在改革开放之前，尽管朝鲜族中的党支部书记、生产队长、技术员等人也常与汉族人打交道，却也往往就局限于此了，朝鲜族的大部分农工及其家属依然没有与汉族人常相接触的机会，因为"没那必要"。他们聚族生活在朝鲜族村里，聚族劳动于朝鲜族生产队，聚族开展着日常娱乐，娱乐之际也往往只是队干部请上几个汉族生产队的干部同乐。即使是孩子们上学，基本也是在朝鲜族学校。这使朝鲜族与汉族的接触在过去的 30 年里并不曾得到全面的普及与深入的发展。

两者的相互了解也就仍然有限，甚至还由此导致了双方青少年之间的一度对抗。前文所说的马姥姥的外孙赵邦国，十几岁的时候就没少跟朝鲜族孩子打架——

那时候淘气啊，半大小子在家待不住，就各个村子的疯跑疯玩，偶尔跑到哪个朝鲜族村了，村里的孩子就会出来撵我们，不让我们在那儿玩。都是半大小子，谁能服谁啊？况且那时候还听说朝鲜族过去常欺负咱们，我们村子原来不就有两户朝鲜人总瓜分我姥爷打回来的渔获吗？现在他们的孩子又来撵我们，这就来气了，我们就骂他们"朝鲜棒子"，他们回骂我们"清国棒子"，骂着骂着就开打了，群殴，互相不服气，直到大人们赶来给分开……都是朝鲜族村里的大人，正在他们村里嘛。大人们都是呵斥自己的孩子，拽着孩子各回各家。

那几年真是没少和朝鲜族孩子打架，有时候在路上遇见了，互相看不顺眼，也打。甚至还会"约打"，双方约好了，到外头火拼去，免得被大人们看见了干涉……其实也不为啥，找不着具体理由，可能就是瞅着来气。那时候的风气还掺杂点儿"文化大革命"的气息在里头，武斗啥的，又都是半大小子，都想"立棍儿"，都想比别人豪横，所以说打就打。

到了 80 年代，两头的半大小子们都已相继长大成人，其中很多朝鲜族人还纷纷在本土"下海"，利用他们所擅长的生活技能开起了一家又一家烤肉馆、冷面馆等餐饮店，当地人也很是捧场，频频光临的主顾当中就有不少是曾经的"对头"。或许是由于各自都已成长了，也或许仅仅是主客之间的礼仪所致，"相逢一笑泯恩仇"的场景便屡屡上演——作为店主的朝鲜族人往往会以加菜、敬酒来消除早年的尴尬，作为客人的汉族人通常也会贡献一些有益的建议，从而使对方的菜品更加适合汉族人口味，最终赢得更多的顾客，因为朝鲜族饭馆的顾客总以人口更多的汉族为主要群体。如此一来，前嫌尽释，皆大欢喜。

赵邦国说——

原来打得不可开交，后来大多都相处得很好，有一些还成了铁哥们儿，有啥事都互相照应着，直到如今。

这样的互动历程虽说相对特殊，却也从另一个角度折射了改革开放对两个族群的互相融入的重要性。

无论如何，改革开放使"生产大队"变为了"村"，使"队员"变成了"村民"，并使之从土地上脱离开来，走向了更广阔的社会。"个人"从此取代"集体"而成为谋生与发展的主体，所有的事项均需"个人"出头打理，而不再有"干部"可以代劳。这种现实情境，促使每一个朝鲜族都单独面对了社会，开始与汉族直接接触。"个人"真正的社会化进程由此启动。这是一方面。

另一方面，改革开放后的空前流动也留下了一些后遗症，显要的一点体现在土地上。

现在想来，当年的流动有些过于仓促了。一直以来就逐稻而居的朝鲜族人，似乎一夜之间就失去了种稻的兴趣，争先恐后地脱离了土地，走出了家乡。自己承包的土地，便紧着退回农场或者村里，有的人则干脆不管不问了。农场和村里也并无充分准备，又眼瞅着插秧季节来临，为确保地不撂荒，便紧着转包给肯于接手的人，转包费或多或寡，甚至或有或无。

过了些年，当外流的朝鲜族人将心思渐渐沉稳下来，尤其随着国家一应惠农政策的出台，而使"种地不挣钱"的说法成了过去，朝鲜族人就陆续回来处理土地的遗留事项了，一时之间纷争四起，还有人为此诉诸公堂惊动了法院。1949年生人的李成太就是如此。他说——

我是1989年离村的，那时候孩子已经到了丹东市里，工作在一家韩资企业，干得不错，就把我和老伴都接过去了，我打工，老伴管家。走的时候就把地交给村里了。村里往外转包，但找不着人接手，那时候朝鲜族人都在想尽办法往外跑，没人乐意种地，白给人种，人都不种，这样头一年就撂了荒，地都白扔了。第二年，村里才跟邻村的一个汉族农户签下了合同，一年一亩地500元转包费，但是没有通过我，说找不着我。我那是总共37亩地。

到2000年的时候，第二轮土地承包开始了，我就回来要我的地。种我地的那户汉族人就把合同拿出来了，说还没到承包期，不能给我。我咨询了律师，并起诉了，和另外一个人一起起诉的，那个人和我的情况差不多。先调解，各部门领导来了7个人，把我们找到村部去商谈。

我们的诉求是如果你还种我的地也可以，但是得把转包费给我。那时候转包费已经涨得很多了。对方不答应。那就没办法了，坐等法院判决。最终是我们胜诉了，把土地拿回来了，回头我又转包给别人了。

不过整体来看，因此诉诸公堂的只是个案，更普遍的现象是，流动到外地的朝鲜族人的耕地大多都自行转包给了周边汉族人，他们离开得越迟，对耕地的处理方式就越成熟，既保证了土地不至于撂荒，也增加了自己以及土地承包者的收入。土地承包者往往就是当年还不曾流动的周边村屯的汉族人。其中尤被人们津津乐道的是4屯的康国庆。

"4屯"就是"荣兴农村"时期的"4号"部落。在新中国成立之后，4屯也曾重又住满朝鲜族人，直到2000年前后，随着所剩不多的朝鲜族住户分散到7屯、8屯、11屯、中央屯等，4屯才住进了汉族人。在此之前，4屯则只有1户汉族，那就是康国庆。4屯的朝鲜族老住户们说——

康国庆是荣兴农场派来赶马车的。当年我们朝鲜族没有会赶马车的，只会赶牛车、驴车，所以农场就给每个朝鲜族生产队都配备了一名汉族工友，专门赶马车，就像给汉族生产队配备朝鲜族技术员似的。来我们4屯赶马车的就是康国庆。他跟我们处得可好了，还被我们彻底"同化"了，朝鲜话讲得可溜了，他的孩子们也都会说，也都爱吃我们的拌菜。海城地震的时候，4屯的房子大部分都塌了，没裂没倒的只有几家。康国庆家的房子也塌了，过后重建的时候，他家也按朝鲜族房的样式建了，建成了草房，要不汉族那时候都盖土房。

等我们陆续往外走的时候，就差不多把地都转包给康国庆了，没几年他就承包了1000多亩地，成了这一带最早的种植大户。他家儿子也多，有四五个，而且个个都是庄稼把式，特别能干，也会干。他家把稻子种得很好，后来还开始在稻田里养河蟹，这就挣着了，把插秧机、收割机啥的都置办了，其中一个儿媳妇还开了一家农机店，一家人的日子过得可好了。

康国庆这个人就是肯吃苦，脑瓜儿也够用。那时候汉族人普遍羡慕我们朝鲜族人，羡慕我们活路多，能出去抓钱。其实我们还挺羡慕康国庆的，人家不仅一点儿不比我们少挣，还守家在地的，不用像我们那么折腾奔波。

作为一种又美又不安的情绪，"羡慕"在那个年代里迅速地大量滋生，令每个人的心里都痒痒的，并催生了最终的行动——向致富进军。

虽然行动有急有缓，有早有迟，路径也各不相同，却都趋向了一个结果，即普遍的富裕，并在过程当中打破了汉朝两族之间的原有隔膜，使双方对彼此的了解空前地普遍深入了，而不再局限于先前的干部间的互动，这为民族共同繁荣及共同发展奠定了坚实的基础。

无论如何，生活的转机已经呈现，且仍在随着渐进渐猛的改革开放的东风而稳步向前。只是当时的朝鲜族人并不曾料到，这种奔波对他们而言还只是开始，之后，奔波还会进一步发展为他们生活的常态。

14. "回流""韩流"

作为一个年份，1992 年并非 20 世纪 90 年代最醒目的那个，在大多数中国人心目中，更为醒目的那个当数香港回归的 1997 年，还有澳门回归的 1999 年。不过，对辽河口地区的朝鲜族人而言，1992 年却是令他们更加记忆深刻的一年，理由是那一年的 1 月 18 日至 2 月 21 日，中国社会主义改革开放和现代化建设的总设计师邓小平就先后赴武昌、深圳、珠海和上海视察，并在沿途发表了重要谈话，即随后令人耳熟能详又心潮澎湃的"南方谈话"，而这又直接或说间接促成了一项重要外交事件在下半年的落地，即 8 月 24 日的中韩建交。

从官方角度来说，这一事件正式结束了中韩两国自 1953 年开始的互相敌对又互不来往的历史，各方面的友好合作及经济互补自此深化；对中国朝鲜族个体而言，则意味着他们从今以后可以更加便利地往返于中韩两国了，而且他们也确实这么做了。

祖籍韩国庆尚南道的罗正万说——

我母亲是我们村里第一个知道中韩建交这个消息的，从电视上知道的。我母亲一直在关注这个事，因为她有一个亲姐姐还在韩国，也就是我大姨。建交后的第一时间，我大姨就发来了邀请函，我二哥就陪着我母亲一起过去了，找到我大姨了，高兴坏了！当年老姐俩都 70 多岁了……我母亲是 1919 年生人，跟我父亲过来时才 22 岁，老姐俩都半个多世纪没见面了，一见面那个哭啊，激动得不行！

从 1992 年至今，辽河口地区的朝鲜族人差不多都已去过了韩国，只有极少数人不曾去过，原因各不相同。其中安允熙是不想去，因为"韩国不是我的家乡，如果是朝鲜，我一定要回去看看的"；1952 年生人的罗正万是去不成，他说："我的签证总被拒签，也不知道为啥，我哥哥和我妹妹的都能通过，就我通不过，好几次都通不过。"无论如何，至今不曾去过韩国的只是极少数，"充其量占百分之一"。

实际上早在中韩建交的最初十年，"赴韩"就已成了辽河口朝鲜族人最热门的话题，也是他们最热衷的事务，而且绝大多数人的目的已不是探亲，而是打工赚钱。对于那股"韩流"热潮，如今他们以"回流"称之。初闻曾为之一惊，再听，才知这是相对于他们父辈的那场迁徙而言——他们的父辈从朝鲜半岛来到中国东北，他们从中国东北赶赴朝鲜半岛。一个轮回，两次相向的流动，间隔了五六十年的光阴。

很多人都细致追述了各自的赴韩经历，也捎带着讲述了熟人的赴韩途径。综而观之，这种"回流"的方式方法始终在随时代的变迁而变迁，其中最初也最原始的方法是联姻——

中韩建交之后，虽说我们可以名正言顺地去韩国了，但最初十几年里办签证还是挺难的，费用也高，高达六七万元，而那时候咱们正穷着，凡是急于出去的通常还是更穷的，那就只能想点儿省钱的办法了。最省钱的办法就是让韩国那头儿的亲戚给咱发来邀请函，那就几乎不用花钱了，只有费用，也就六七百元。

可是并非人人都在韩国有亲戚，那些祖籍在朝鲜半岛北部的人就没有韩国的亲戚，而且即便是祖籍在韩国的，有的也是和亲戚断联多少年了，一时半会儿不见得能找着。还有一种情况是亲戚找到了，但是亲戚反应冷淡，不愿意发邀请函，怕咱沾上人家。

那么这种情况下咱咋办呢？最快最稳妥的办法就是嫁闺女，闺女嫁过去了，咱就能顺理成章去探亲了。当然探亲不是目的，目的是留在韩国打工挣钱。那时候韩国的人工费比咱中国高太多了，在韩国干一天就等于在中国干半个月了。所以那时候朝鲜族人人都想去韩国，况且语言相通啊，在那儿打工很方便。

也不知道第一个想到这招的到底是谁家，反正很快就传扬开了，很多有闺女的人家都在筹谋着这个事。也出现了专门接洽这个事的人，中韩两头儿来回撺掇，效率很高。就这么的，很多朝鲜族人家把闺女嫁过去了，一个屯子能嫁过去两三个、四五个，一阵儿风似的……

闺女嫁过去了，邀请函也就来了，家里人像父母、兄弟啥的，凡是能出去打工的，差不多都出去了。那种签证一签就是5年，理论上并不允许在韩国打工，不过到那儿之后也都打工了，打黑工，直到被查到被抓到，抓到了就会遣返，然后5年内不许入境。那也没啥，过了5年咱再去呗。

那时候韩国也缺劳动力，咱在那儿很好找活儿，只要不怕受累，不怕辛苦，就不愁没活儿干，干上几年，再节俭着点儿就赚着了。然后回家，盖房子、买车、给儿子娶媳妇啥的，都够用了，用完了再去，再挣。咱那阵儿求富心切，只要能挣钱，哪还顾得上累不累啊？

靠婚姻关系去韩国的人，还有一种是假结婚，当时也有人在专门接洽这个事，钻中韩两国政策的空子。我们村的老陈太太当年就是这么过去的。老陈太太当年才40岁出头，离婚无子，又没工作，就想去韩国。花了些钱，就在名义上嫁给了一个韩国人，这么过去了。过去后还没等如约办理离婚手续呢，男方就得急病去世了，还留下了一所房子。

男方的子女找来要房子，她把房子还给人家了。但是韩国政府有政策，丧偶有补助，她得了这个补助。然后她就租了间房子，不大点儿的小破房，跟个车库似的，里头有个不大点儿的小厕所，但是房租便宜，光靠补助就够支付的了，甚至还能剩点儿，能保证她的基本生活。

此外她再到饭店打打工，光攒钱就行了，攒够了才回来养老。她回来十几年了，是咱村里有名的"富户"。

以联姻赴韩的方式既然形成了一股风儿，也意味着这股风头很快就会过去，事实也正是如此。而且在这股风儿还在盛行期间，其他途径的"回流"也在发生了，其中以"劳务输出"最为普遍。

1970 年生人的闵元龙说——

那时候营口就有专门搞国际劳务输出的公司，也会招船员，招体质好的，跟韩国的渔船出海捕鱼，每次都招不少人，那些年咱这儿的每个朝鲜族村屯都有去的。我是 1993 年去的。先接受一个月左右的培训，学习船上消防、海上求生等技能。然后就可以跟船出海了，到印度洋捕鱼，也有去太平洋的，一出就是好几个月。

我们那是 60 米长的大船，速冻库、冷冻库都有，装鱼能装 350 吨，大多装金枪鱼，然后直接就给赶来接应的运输船拉走了。我们的船基本不靠岸，还在大洋里继续捕鱼，所需补给也都是运输船给带来。我那次是连续在海洋上漂了 18 个月，其间只靠岸一次，因为有个船员得了急性阑尾炎，那就得靠过去了。

船上的伙食很好，鱼、肉都有，还有很多拌菜，都是朝鲜族特色，厨师是韩国人。船员来自 3 个国家，中国、韩国、印度尼西亚，一共不到 30 人，忙时还有临时支援的。咱跟印尼来的人语言不通，他们不是华人……

办出国劳务也花钱，大约六七千块钱，别人大多靠借，我没有借，我当时条件还算好的。在船上一个月能挣二三百美元，当时合人民币3000 多元，18 个月下来就挣了六七万元。如果活儿干得好，船长还会随时给点儿小费，光小费就够"万元户"了。那时候咱中国正讲"万元户"呢，谁要是成了"万元户"可了不得，我就是一个。

不过也有人吃不了船上的辛苦，或者在船上受欺负了，就趁船靠岸的时候溜走了，留在韩国了……欺负人？为啥欺负人呀？天哪！我们船上就有一个极能欺负人的船员，身高一米八，喝酒成性，天天找茬打人，尤其是打新人，你要是上船时没带点儿好东西比如酒孝敬他，那更是没完没了。

也照样欺负我呀，不过我是处理师，是在船上处理鱼的，手上有刀子，我把他胳膊给砍了一回，他才不敢了。那些体格弱的，或者性格囊的，挨不过他欺负就只能偷着跑掉了……船靠岸的时候，一般不是太生咕的船长都会给船员发点儿美金，让船员上岸玩一玩，有人上了岸就不回来了，就留在韩国打黑工了，连船上的工资都不要了。

远洋捕捞的活儿不好干，要不咋挣钱多呢。船上的老人儿看见我们都直叹气，说："这帮孩子们哪，来干啥呀，这罪不好遭啊，哪怕在家里讨个饭呢。"其实那时候家里的日子已经渐渐好起来了，跟讨饭不沾边，但是都觉得靠种地挣钱太慢了，你想我种 10 年地也成不了"万元户"哇。而且我们冒险心理都挺强的，都寻思"辛苦我一个，幸福全家人"，这就使出国劳务也成了一股潮流。反正我是在这种信念的支撑下出去的，也撑住了。

为了赴韩，还衍生出许多纷繁的方式方法，虽不曾像联姻、出国劳务一样形成一股风儿或者一股潮流，却仍被当事人深深记得，谈起时也还是感慨不已。

1968 年生人的林一斌说——

我是 1994 年去韩国的，以"研修"的名义。当时沈阳的一个建筑公司招工，去韩国研修，其实就是给你弄到韩国去打工，费用 5000 多元。我是借钱去的，那时候家里很穷。那个签证期限只有 3 年，我也在韩国干了 3 年，回来时带了 30 多万元（人民币），盖了房子——就是这个房子，1997 年盖的。1994 年走时，我闺女还不到一周岁，我回来时都满院子跑了。

1955 年生人的蒋在国说——

我是造假去的，在 2000 年，花了 7 万元。我家祖上是朝鲜平安道的，在韩国没有亲属，就拿不到邀请函，正常手续办不下来，只能造假。找人办的假人头，名字改了，地址啥的也不一样了，反正签证上只有照片是我的，其他信息都是假的……

7 万元我自己有点儿，又借点儿，在韩国干了一年就还上了……确实用了足足一年才还上，刚去时花销大，攒不下多少钱，而且你得省吃俭用才能攒下钱。到那儿打的第一份工是在建筑工地，之后就啥活儿都干，只要有钱挣。2017 年时回来的，当年就盖了房子。

约略在 2005 年之后，朝鲜族人赴韩务工的政策变得日益简便，这使他们取得签证变得很容易，费用也大大降低了，低到每人不到千元即可办妥。这使早期那些碍于经济因素而没能成行的人，此刻也得以纷纷行动。也因此，如今辽河口绝大部分朝鲜族人都已有了赴韩经历，按他们的原话说是"谁都去过韩国"。

陆续赴韩的朝鲜族人当中，只有极少一部分人或者由于年纪大了，或者由于身体不好，也或者由于子女出于孝心的阻挠，而不曾在韩国打工，其余大部分人则差不多都是为了在韩务工才去的，并且渐渐将这种方式过成了生活的常态——反复去韩国打工："因为后来我们去韩国很方便了，就跟你们去沈阳似的。"

"回流"者大多是朝鲜移民的第二代，个别已是第三代了。他们的流动与父辈的当年流徙刚好是一个循环。

随着访谈的深入，发现他们的父辈即第一代朝鲜移民，也有部分人早在 1992 年中韩建交之前就得以赴韩了，尽管为数很少。资料显示，随着中美、中日关系的改善，原本紧张的中韩关系也逐渐松动，发自民间的学术交往、体育交流等随之发生。1978 年改革开放后，我国率先打破了中韩侨民之间互不往来的僵硬局面。1984 年，韩国也开始允许在韩华侨返华探亲。在 1986 年汉城亚运会、1988 年汉城奥运会召开之后，中韩两国之间的人员交往则实现了飞跃性发展——1984 年之前，我国获准赴韩人员总共只有 400 多名；1988 年时两国人员往来已接近 2000 名，1989 年突破了 2 万名。这其中应该就有闵元龙的大爷、陈安久的父亲等辽河口地区的第一代朝鲜移民，他们的赴韩途径主要靠寻亲。

从事过远洋捕捞的闵元龙说——

在我认识的朝鲜族人里头，我家是最早找到韩国亲戚的。那是在 1987 年或 1989 年。那时候韩国的广播有一个频道是专门寻亲的，帮助韩国人寻找当年滞留在中国的亲戚。我母亲有一天在节目里听到了我父亲的名字，就紧着让我给节目组写了封信，不到 3 个月就联系上了……那阵儿都听收音机，我母亲还专听韩国台的，中国台的她听不懂，不懂汉话。

当年我父亲已经去世了，但是我大爷还在。随后那头儿就给我大爷发来了邀请函，我大爷就去了，去时我母亲给准备了一些牛黄清心丸、去痛片之类的药品带着。那头儿亲戚很热情，留我大爷待了一个月左右，回来时还给拿了些钱，也给我母亲带了礼物……我母亲没回上老家，她老家是朝鲜的，最终也没回上。

1960 年生人的陈安久说——

我父亲要是活着，今年有 103 岁了，他来到中国那年是 21 岁，我算过，他应该是 1939 年过来的。我家祖籍全罗北道，在朝鲜半岛最南边，属于韩国。我家有家谱，当年就带过来了，不过是我大爷背着，我大爷和我父亲一起过来的，后来我大爷去世了，家谱才到我家。

改革开放之后，我父亲就总听韩国广播，好像是叫 KBS 电台，不过韩国人不叫"电台"，叫"放送社"。那个电台里有个寻亲节目，我父亲应该就是听那个。当年我家还没有电视，只有半导体。有一天我父亲把家谱搬出来，并把家族里的情况都跟我说了，告诉我还有两个叔叔，都叫啥名。那也是我第一次看见家谱，上面几乎都是汉字。

然后父亲就叫我写信，写给那个电台，拜托他们帮忙找找我的两个叔叔。40多天后有了回信，得知我的两个叔叔都不在了，只找到了我的一个堂叔。后来堂叔给我父亲发来了邀请函，我父亲就去韩国了，回到了故乡，待了小半年……他不能不回来呀，儿女都在中国，一颗心架不住两头儿扯呀。可能是回来的第二年吧，反正是1988年，我父亲就去世了，也算瞑目了。

这部分得以在谢世之前圆满了各自再回故土看上一眼的夙愿的人，他们是幸运的。

如果一度含辛茹苦的第一代朝鲜移民仍然健在，如果他们亲眼看到自己的儿孙已将往返朝鲜半岛演化为了生活的常态，他们或许也会深感欣慰吧？总之，朝鲜族人的生命际遇及其生活品质，均由于"回流""韩流"的出现而得到了令人瞩目的变化。

尽管韩国在1997年亚洲金融危机后，经济发展已远不及此前迅猛，却依然由于中韩往返的越来越便利、越来越经济，使朝鲜族的"回流"得到了持续。

在韩国，朝鲜族人的务工途径主要有三种：一是通过中介找"日当"，即日结工，中介会每天早晨介绍工作给你，主要是到乡下帮人农忙；二是街面上需要人手的店铺也会张贴广告，自己可直接进去跟老板商量，主要是进饭馆当小工；三是通过朋友引荐，这类工作主要是去建筑工地当力工或技工。三种渠道中，据说以第一种即日当最为重要，尤其对女性和年长者而言。男性则倾向于去建筑工地，薪资更多，也更多是通过朋友介绍给工头。

如今，辽河口地区的朝鲜族女性还有部分人将韩国当成了"挣点儿零花钱"的理想去处。比如1950年生人的李青莲，48岁那年停薪

留职去了韩国，在韩务工 8 年，回来后到营口市里买了房子。退休后
每月有 1700 多元的"农保"，晚年生活也算高枕无忧。尽管如此，在
2020 年新冠疫情暴发之前，她基本上每年仍会去韩国务工几次，通常
是"在养老院当护工，包吃包住，每个月能挣 1 万元（人民币），去
一次就能挣 3 万元回来，够打麻将了"。这种活儿"韩国人不愿干，
干的话也需要比咱多的报酬，所以 70 多岁的朝鲜族老人在韩国也能挣
到钱"。

在盘锦，像李青莲这样的人不在少数——

我们去一趟韩国很方便，就跟在国内走动一样，费用也很理想，
现在走一趟只要 1000 多元，还是往返呢。从大连、沈阳、青岛都可以
走，乘飞机，在韩国的仁川落地。

不过整体来看，随着我国经济的强劲发展，"回流""韩流"的
热潮还是呈现了逐年下滑的趋势，尤其在步入 21 世纪的第二个十年之
后。还是那句话，举凡是"潮流"，就总有"落潮"的时候，否则也
不会称之为"潮流"了。

15. "最先富起来的群体"

在赴韩之路上的前赴后继，使朝鲜族人逐渐被公认为辽河口地区"最先富起来"的群体。之所以说是一个逐渐的过程，在于朝鲜族人的赴韩行动落实得有早有迟。

其实在当地汉族人看来，朝鲜族人在去韩国"挣快钱"之前，他们的生活条件就已经普遍比汉族人家要好了。马姥姥的外孙赵邦国说——

这有两个原因：一是咱们国家有少数民族政策，始终都对少数民族有照顾；二是那时候大家都种稻子，而朝鲜族人的水稻种得好，产量高，各家各户分得的粮食就多。所以朝鲜族人的日子大多比当地汉族人家过得好。

言外之意是能去韩国"挣快钱"的优势，实际上是使朝鲜族人与汉族人的收入拉开了一个显著距离，而不仅是改善生活那么"小儿科"。

无论如何，朝鲜族人是率先富起来了。

一个群体的富裕有多种表达路径，其中最引人注目的一点在于对子女的"富养"。

"韩流"也是一个表示时尚潮流的名词。这种时尚最早掀起于朝鲜族人的子女当中，也就是朝鲜移民的第三代、"回流"者的第二代。这种"韩流"一度令汉族青少年钦羡不已，更令那些稍后才有家庭成员得以赴韩"挣快钱"的朝鲜族孩子大为羡慕。他们对贫富差距的最初感知，也由此而生。

具妍对此就有着深刻的印象。她说——

我爸爸原来是国营荣兴农场的职工，1992年辞职去了沈阳打工，沈阳有个韩资企业。1996年，那个企业的韩国老板帮我爸爸办理了签证，劳务签证，花了6万块钱，我爸爸就去韩国打工了，直到2004年才回来，之后又陆续去了几回。

当年办签证时也借了些钱，我爸爸就在韩国随挣随往家里寄钱，我妈妈再拿去还债。当时得先把韩币兑换成美元寄回来，我妈妈再去营口把美元兑换成人民币……好像很快就还上了，而且在我的印象里，我家从此之后就再也没有缺过钱。我们这些家里有大人在韩国打工的孩子，也成了大家所说的被"富养"的一代人。

其实家里有爸爸去韩国的孩子，还不如有妈妈去韩国的，因为妈妈才会买东西，尤其是买衣服。

最初我还在上小学，我们学校里那些有妈妈在韩国的孩子，就穿得特别"韩范儿"。到我上初中的时候，还在听着录音机，他们却都带着薄薄的随身听了，特别袖珍，还能用耳机，那时候国内还没有卖的呢，都是他们的妈妈在韩国买回来的，或者托人从日本带回来的。后来我爸爸再打电话回来，再问我想要啥的时候，我就说了要随身听，可是等我爸爸买了，又托人捎回来时，别人都已经用上CD了，超薄的，放光盘的。他们就是这么超前。我们这种只有爸爸在韩国的孩子，在时尚方面好像总也追不上有妈妈在韩国的孩子。

但是我们又比那些家里没有人去韩国的孩子们强，强很多。

比如我们住的都是新盖的楼座或者瓦房，他们住的还是多年前盖的稻草土房；我们家里的餐厨用具都是从韩国买回来的，最新款的，他们家却还在用电饭锅呢，挺老土的那种。跑通勤时，我们中午带饭都用漂亮时尚的保温饭盒，他们则用铝制的普通饭盒，冬天还需要放在炉子上加热；我们带的饭菜都是好的，牛肉、排骨啥的从来没缺过，对虾更是吃不完地吃，他们带的虽然也是大米饭，配菜却总是豆腐白菜之类。那时候我们的邻村平建是最穷的，因为那个村的人大多还没有条件去韩国，直到后来逐步放开才去了。当年的平建就成了这一带最穷的朝鲜族村，有一回一个平建的男同学带了五花肉来，很满足，就显摆，我们则还笑话他吃肥肉来着……

一种攀比的风气，也就慢慢地在朝鲜族圈里蔓延开了，从孩子到成人，无一幸免。这种风气在此前，则"从来没有过"。

村与村之间也开始比拼，或者说在村主任和村主任之间。"后进"村的村主任"简直急红了眼睛"，满世界里找门路，竭力推动村民的"劳务输出"，并因此更受村民拥戴。很快，差不多所有的朝鲜族村都相继发展起来了，都明显比周边的汉族村要富裕了，"汉族村当年主要还是靠种地呢，挣钱太慢"。于是等汉族村的孩子们也开始穿上"韩范儿"的衣服鞋帽、用上韩国日用品的时候，"韩流"之风在朝鲜族孩子圈里都有点儿过气了。

那一茬朝鲜族孩子的教育，也相对更为"昂贵"。

1969年生人的安正兴的两个女儿，都是自小学三年级起就开始寄宿，在营口市的朝鲜族学校，直到考入大学。其间各种培训班也都参加，而且自高中一年级起，他和妻子就给女儿们设了"专项基金"，专门用来旅游，包括去国外旅游，和"几个小姐妹一起，都是朝鲜族的，也家家都有专项基金"。到两个女儿大学本科毕业的时候，他们夫妻花在女儿身上的钱已经突破了100万元人民币。安正兴说："那都是我媳妇在韩国打工挣来的，为此我对她感激涕零。"

"我们朝鲜族非常重视教育"是朝鲜族人普遍的说法，并强调"我们朝鲜族很少有因家庭困难失学的，都是只要孩子愿意学就供到底。如果一家有2个孩子，那么就至少有1个会是大学本科毕业的"。率先的富裕，使朝鲜族人将重视教育的理念相对更好也更早地落实了。

大多数"回流"的朝鲜族人都将收入的大部分用在了子女的养育与教育上，这使他们的下一代不仅读了"万卷书"，也往往行了"万里路"。这样的成长背景，也使这一代朝鲜族人的整体素质有了史上空前的大幅度提升，并在就业方面得到了鲜明体现。

具妍说——

我在校期间学的是英语，韩语和汉语则自小就会，这样就掌握了三门语言，这在上海、广州、青岛等港口城市找工作都很有优势。我在大学四年级时就去上海工作了，算是实习，做的是国际物流，英语、韩语都用得着，干了两年多。工作上倒没感觉有压力，就是觉得很孤独，自己租个小房子，逛街都是自己去，没有朋友。当时家里很想我回来，三番五次给我介绍对象，后来谈了一个，觉得挺好的，我就回来了，然后就结婚生子了。

我大学期间的朝鲜族同学很少，但小学和中学的同学基本都是朝鲜族，大约有150人左右。其中大部分人现在都工作在国内一线城市或港口城市，收入可观。留在家乡的也有。留下来的如果是女生，状况就跟我差不多——丈夫有正式工作，公务员或者事业编，不舍得扔，就留在家里相夫教子了；如果是男生，多半也是已经走上仕途的那种，尽管挣得少，但是有社会地位。

这150来个同学当中，也有去韩国的。其中一部分人工作在会社，相当于国内的白领。这些人的个人能力普遍都很高，大多能跟韩国人平起平坐，平等竞争。他们通常是由于在国内找不到理想薪资的工作，也或者是由于韩国那头儿有直系亲属的需要才去的，比如有一个同学是因为韩国亲属那头儿没儿子，让他去继承事业的。

也有在工地或者工厂干活的，就像老一辈似的，这基本是没考上大学的，没能力跟韩国人竞争，不过为数很少。更多的同学还是在韩国开餐馆，或者做生意。比如我的一个高中男同学，当年他的成绩在班级里倒数，后来就做起了中韩贸易，中韩两国来回跑，成了同学中混得最好的，在韩国买了房子，开着保时捷，连韩国人都佩服。

也是从具妍这一代人开始，朝鲜族人的出路有了多种选择，尤其是可以从容选择了。他们的父辈已为他们打下了坚实的经济基础，使之不必再急火火地立刻赚钱；他们也同时拥有了较父辈高得多的学历和能力，在就业上普遍具有了强劲的竞争力。赴韩务工也因此不再是这一代人的主流出路，更不再是一条令人眼红的出路。

这样的状况令他们的父辈深感欣慰，实际上这也恰恰正是他们的心之所愿。

绝大多数的"回流"者，都明确表示不希望子女再走自己走过的路，因为"那太辛苦了，压力太大"。他们之所以在那条路上撑持着跋涉了多年，甚至直到如今，很大程度上就是为了使自己的子女不必再走自己走过的路，除非仍有迫不得已的状况比如家庭变故等发生。

事实上，这个世间的通则之一"有得有失"，也于这些年中在"最先富起来"的朝鲜族人身上得到了淋漓彰显，虽令人遗憾，却没法避免，似乎任何一种"致富"都需要付出相应代价。

对朝鲜族人而言，这种代价是多样的。

首先是"累"，是担心自己的身体可能要就此垮掉的那种"累"，这几乎被所有"回流"者都强调过。1957年生人的张玉山说——

我是2000年去韩国的，2019年才回来。在那里我主要是在建筑工地干贴大理石的活儿，也就是外墙活儿。那是一项技术活儿，到那儿之后现学的，人逼到那儿了，不得不学。

一般来说，初到韩国时碰巧入哪行了，也就干哪行了，中间转行的极少，因为越转行钱挣得越少。为了去韩国我借了7万元，用了2年时间才还完……刚去时我没有技术，属于学徒工，挣得少，而且当时是自己去的，单身的话花费更大，剩不下多少钱。两三年后家属过去了，也打工，很多时候能自己做饭，不用在外面吃，这才能多剩下一些钱了。

基本上在韩国干上一年，能顶上在国内种地十年，挣得确实多，但也是真累呀！每一分钱都是血汗换来的，那是一点儿假都不带掺的，在国内干活很多时候你能混，在韩国干活儿你耍不了滑。

厨师出身的"八〇后"陈万庆，也发出了同样的感慨——

我只念到初一就辍学了，然后就去了大连，到一家饭店里学韩餐，我一个叔伯哥哥在那儿当厨师长。所学以汤类、拌菜为主，那是1998年的事，我学了三年。

2001年时我到了沈阳，学中华料理，也就是韩式的中餐，炸酱面、海鲜汤面、糖醋肉之类，一年后就到西塔的一家饭店掌勺了。当年这家饭店很火，我在那儿干了7年，每月工资差不多4000元。

再后来就尝试着自己开饭店，跟姑表哥合伙，没多久姑表哥到大连上班去了，就撤股了，我也放弃了，不然干赔钱。之后我又去了柬埔寨，在一个韩企上班，只干了两三个月，觉得不合适也不干了。然后就去了韩国，那也是我第一次去韩国，在2012年，当时我27岁。

到韩国后先玩了两天，印象不咋好。我是在仁川下的飞机，还是在晚上，辗转到了住的地方，一路上感觉比中国还落后，房子都是老的，电线杆子上的电线缠得乱七八糟的没法看，当时我还寻思这要是哪儿短路了，可咋查线哪？

两天后开始找活儿干，找"日当"，也就是当天结算的活儿。第一个活儿是到建筑工地推砖，干不惯，只硬撑着干了几天。随后找了一个中华料理，我以为以我的水平能直接上灶，没承想韩国人不认，非让我从基础重新来做，那样薪水就少了很多。我干了半个月，又不干了。之后就又上建筑工地了，这回是干钢筋活儿，也是干了半个月，还是觉得不行。当时我哥也在韩国，在平泽市，我就上我哥那儿去了，找了个生产汽车配件的工厂，干了一年半。这是干得最久的一次。

总体感觉，就是在韩国很好找活儿，用工地方很多，但是找到适合自己的活儿很不容易。既然找不着适合自己的活儿，那么就只能以薪水的多少为取舍标准了。我干了一年半的这个工厂，薪水就是相对高的，每个月能挣 300 多万韩元，当时折合人民币 1.8 万元。那是在2013 年，很可以了，毕竟在西塔干的时候每个月顶多四五千块钱。

不过话又说回来，两下里的付出也是大不一样的。我在西塔那家饭店掌勺的时候，基本上是边干边玩，到饭点儿了忙一阵儿，其他时间很自由，可以随意到店外抽烟去，还能腾出空来到网吧里打会儿游戏。当时并没觉得怎么的，到韩国之后才觉得那种工作环境真是太幸福了！在韩国你完全没有这样的机会，只要你进了工厂，就是一直干一直干，整个人就跟机器似的。我所在的这个工厂还不是流水线呢，那都是一天天地总站着，站在机器前，一站就是 12 个小时，一天得做出多少个配件来，要不你就挣不来那么多钱。

韩国的高工资其实是与劳动强度对等的，在中国 6 个人干的活儿，在韩国肯定是 3 个人就干了。所以尽管挣得多，我还是只坚持了一年半，我觉得那种日子已经不是生活了，而我想要的是生活。

身体上的极端疲累之外，还要承受精神上的压力。在中韩建交之后的前 30 年里，也就是在 1992 年至 2012 年间，在韩中国朝鲜族人还受着或隐或显的歧视。

1947 年生人的朴永志，至今还清楚记得自己第一次"回流"韩国的日期：2001 年 2 月 18 日。之后他在建筑工地干了 5 年，挣了约 100万元人民币，然而只拿回家来 20 万元，盖了 3 间大瓦房，余下 80 万元"都在那个资本主义国家消费了"。纵然如此，他还是在那个国度体验到了受歧视的滋味，并且在"受歧视"前面还屡屡加了"非常"一词——

韩国人管咱们叫"同胞"，态度还挺亲昵似的，但是他们非常歧视咱们，觉得咱们国家太落后，咱们也太穷，经常问咱："你吃过牛肉吗？""这香蕉你见过吗？"尽管咱中国那时候还不算富裕，但是咱也没穷到那份儿上啊！

其实就是韩国人不了解中国，所以他们就瞧不起咱。那时候咱们在那儿就非常受歧视，比如干着同样的活儿，咱拿的工资只有韩国人的三分之一，偶尔还会碰上赖账欠薪的老板，所幸韩国在这方面管得特别严，要是被抓到的话他会倒大霉的，罚款很严重，所以轻易他不敢。他也不敢打咱们，但是他嘴不好，他会骂咱，嘟囔嘟囔地嘴不闲着，这就弄得人精神压力非常大。那咱也得干啊，挣钱快啊！

"独在异乡为异客"，心理上的苦闷也如影随形，进而导致了一个出人意料的结果：朝鲜族的离婚率在那些年间持续攀升。尽管说起这事之时，所有言者也对导致这一结果的因素表示了理解，但在神情之间还是显露了很多的惋惜——

去韩国打工吃苦受累，初衷都是为了能把这个家过好，谁也没寻思离婚，不管男方女方，压根儿就没那个打算。但是很多时候事情走着走着就变了样，你也就身不由己了。

比如说，两口子当中，只有一个人去了韩国，另一个或者舍不下工作，或者签证办不下来——最初你在韩国要是没有直系亲属的话，签证你就办不下来，即使你是朝鲜族也不行。那么你孤身一人去了异国他乡，人生地不熟的，又常常遭人白眼，你的孤独感、无助感就会格外强烈。这个时候要是碰巧遇上一个老乡，还是异性，还比你早来个一年两年的，对当地挺熟悉，能在找活儿、找便宜的房子等各方面都给你点儿有用的建议或者实际的帮助，那么你肯定就会觉得挺温暖的，接触就会越来越多。如果家里的另一半还是迟迟过不来，那么这头的孤男寡女就很可能会同居了，日久生情，也就很可能要离婚了。

其实这种事我们不叫"同居"，叫"搭伙"。那些年朝鲜族人在韩国搭伙的现象很常见，搭伙后通常都是花男人的钱，女人挣的钱就自己攒下了。也有很多跟人搭伙的女人，最初只是为了省点儿钱或者攒点儿钱，再找点儿精神上的寄托，本身并没有离婚的心思。但是这种事情你藏不住哇，消息往往就传扬开了，弄得家里男人知道了，那么就打就闹呗，最终还是离婚了，那男人架不住名声不好听啊。

离了婚的女人，也未必真就会跟那个搭伙的人再婚。实际上现在50岁以上的朝鲜族人，国内国外单着的很多，男女都有，大多都是在三四十岁的时候离婚的，就那个年龄段事儿才多。

还比如说，后来去韩国的中国朝鲜族人越来越多，加上韩国很小——还没有咱辽宁大呢——你就常常会在同一个地方碰上许多同乡，甚至碰上同村的人。其中很多人都是孤身在外，韩国还都休大礼拜，休息的时候就都想聚一聚，吃喝玩乐一把，逢年遇节的时候就更想乐和乐和，放松放松，有时候AA均摊，有时候有钱的多出点儿。人家喊你，你去不去？不去伤感情，去吧。去了第一次，就有第二次。去的次数多了，难免是非也出来了。也就是说，离婚这事很多时候并不是谁蓄谋故意的，往往就是事赶事赶到那儿了，你身不由己了。结果就是钱挣到了，家破了。这个结局无论如何也不是招人喜欢的。

这种不招人喜欢的结局，也逐渐引起了人们的警觉，并拟定了相应对策力求避免，且当真成功了。安正兴说——

同样的状况，也不见得都会离婚，我就没离。

我媳妇是2008年去的韩国，自己在那儿打工10年，2018年才回来……我这不是有工作嘛，舍不下这个编制，就没去。我媳妇主要是在饭店打工，端盘子刷盘子啥的，很辛苦，但是让我家实现了财富自由，从这点来说，我感激媳妇，不能对不住媳妇。这是我的心理。

我媳妇的心思也差不多。我没和她一起去韩国，是我俩商量的结果，我俩都觉得一个人出去挣钱，一个人维持一份体面的工作，对这个家来说更好。她去之前，我们也都听说了韩国那头有挺多搭伙的事，我俩就事先"约法三章"：她在韩国不与任何熟人联络，不参加任何人的聚会，也就是不给"意外"产生的机会；我在家呢，也不会胡来。

整整10年啊，对我俩来说都是一个考验，好在我俩都通过了。

我这头儿，我的信息她丁点儿不会放过。我老丈人、我小姨子，我们都在同一个小区里住着，我有一点儿风吹草动立马就传过去了，比如今晚我跟谁吃饭了，走着去的还是开车去的，几点走几点回的，她都知道。她那头儿的信息我也是了如指掌，因为韩国也有我的很多朋友，如果有事她也藏不住。

我在韩国的朋友还经常给我打电话，说你媳妇从来不参加我们的聚会，还问我你媳妇有啥难处没有，如果有一定要告诉我们，大家想办法，别自个儿受委屈。其实我媳妇那些年也不是没难处，而是不想跟他们扯上关系，扯上了就今儿吃饭明儿喝酒的，影响不好。夫妻分开多年，对谁来说都不容易，可是咱不得常常想着为了啥吗？所以说都得自律，不然挣来钱了也是得不偿失。

另一种同样显著的代价，表现在对父母的失于照顾上。

车玉英说——

我是1946年生人，祖籍朝鲜，30年代的时候小日本给我们带到中国，带到荣兴，小日本被打败了，我们才解放了。当时我父母回到了朝鲜，回到了老家，但是一看还是活不了啊，就又回来了，还在荣兴种稻子。之后我父亲参加了抗美援朝，现在去世20多年了。我母亲是2018年去世的。

我有3个女儿、1个儿子，现在都在韩国。韩国我也去过，去过很多次。不过我不打工，只是去串门，去看看孩子们，待1个多月就回来。孩子们去韩国10多年了，都是打工。我老伴也去世10多年了，现在家里只有我自己。现在我们这个村子几乎没有老头儿了，不是过世了，就是去韩国了，只剩下老太太了。

我身体还行，就是睡觉困难，晚上11点多可算睡着了，不一会儿就又醒过来了。孤单哪。孩子们都不在身边，为了挣钱，都分开了。想着想着我就会哭。孩子们想我，我也想他们。孩子们也都想回来，但是还得再挣几年钱哪，钱挣够了才能回来。

咱们村的老太太差不多都是这么个情况。我还算是好的，因为我性格开朗，爱唱爱跳，自己还能做饭，还能养几只鸡下几个蛋。我们村子还有不如我的，比如老金太太身体越来越不好，自己都做不了饭了。她远在韩国的儿子就跟这附近的一个饭店老板联系上了，让那个饭店顿顿给送饭，然后他结账。可是她精神头也越来越不好了，总在自个儿家院里晃荡，从来也不出来转转，跟大家打打唠啥的……你没法采访，根本去不了，生人去了她会拿笤帚赶，不让人进院。原来也是挺好的一个老太太，没承想弄成这个样子。这都是孤零地啊，一年一年地孤零着。你都管说儿女挣点儿钱，不容易啊……

那么，最初嫁到韩国的那些姑娘呢，过得好吗？

这个问题一出来，就在很多人的脸上捕捉到了一缕凄容。

人们说——

早期嫁过去的，婚姻质量基本不高，过后十之六七都离婚了，因为那时候的男方通常都是条件挺差的，差到在韩国找不到媳妇了，才找中国的媳妇……以岁数大的居多，再不就是容貌丑陋些的，或者身体有点儿小残疾的。当时很多姑娘都是被介绍人直接带去了韩国，到那儿就结婚，结婚时才见了男方第一面，不管啥样也都那样了。

不过那时候咱也认了。其实双方都心知肚明，人家那头儿也知道咱是啥想法，而且姑娘也想开了，因为家里实在太穷，还有兄弟等着娶媳妇啥的，就寻思"付出我一个，幸福全家人"了……可不是吗？

那时候很多姑娘都是抱着这种心态嫁过去的。

而且那时候咱是真穷啊！很多姑娘都是挎个小包就上飞机了，连行李箱都没有。你说那种情况下，人家爹妈能瞧得起咱吗？婚姻质量就没法高。还有的姑娘，是当时就揣了两个心眼，寻思先嫁着，过后再离，有点儿骑驴找马的意思。也有的姑娘，是本来没有这个想法，但是人机灵，几年后韩语也会说了，也融入韩国社会了，眼眶就高了，就瞧不起先头儿的男人了，这都难保不离婚。

好处是甭管咋样，最初的想法咱差不多都实现了。只要姑娘嫁过去了，家里人就差不多都能过去打工，就赚着了。然后回国，回家盖房子，给儿子娶媳妇啥的，都够用，用完了还可以再出去，再挣。远嫁姑娘的"付出"，也算值得了。

总之是那些年里都是咱把姑娘嫁过去，嫁得还不咋地，咱的小伙子则没一个娶上韩国当地媳妇的……现在也还有嫁到韩国去的姑娘，不过跟早期不是一个性质了。现在都是为了嫁得更好才嫁给韩国人的，咱村子老朴的两个姑娘，嫁的都是韩国的公务员，人家姑娘的颜值也高。反正不咋地的韩国男人现在是娶不上咱中国姑娘了，都转到越南去踅摸了。

在那十分之三四不曾以离婚收场的跨国婚姻中，就包括李贤淑的女儿，也就是"随团技术员"李恩研的外孙女。

李贤淑是第一批将女儿嫁到韩国的，也由此成了第一批赴韩打工的人，并成了第一批"最先富起来"的人。她说"当年家里实在太穷了，没钱花"，所以就走了这条路。现在女儿已有了两个孩子，姑爷是开公交车的，"两个人感情挺好，但花销太大，也是强巴伙过日子"。

种种代价均已谈及，人们却仍嫌不够全面，或者说尚需补充：并非你去了韩国，肯于劳动并付出了某种代价，你就能确保攒下钱来，进而衣锦还乡。不是那样的。事实上就像人们曾屡屡强调的那样：如果你去韩国打工并想攒下钱来，就必须以省吃俭用为前提。

车玉英说——

我那几个孩子呀，在韩国苦着哪。他们是夏天基本在农场里干种菜的活，冬天就哪儿有活上哪儿去，一天挣的能合人民币六七百块钱。但是韩国消费也特别高，一碗饭一碗汤就要百八十块钱，面条也可贵了，连苹果都论个卖，他们每个人一年也就能剩下20万元（人民币）左右，还得是紧省着。

新冠疫情暴发之前，每年春节他们都会回来，回到家里就猛吃猛喝，咱这儿的猪肉、鸡肉、牛肉啊都比韩国便宜太多了，在韩国根本吃不起。在韩国如果像在中国这么吃，那么你一天挣的就不够一天花的了。如果你还喝酒抽烟，那么就连回国的路费都剩不下了。而且韩国是资本主义国家，你就是再困难也没有人照顾。所以过几年他们都会回来的，在那里生活不了。他们都在这头儿买好了房子，儿子是在大连买的，两个闺女都是在咱盘锦市区买的。

事实上，尽管朝鲜族以种种代价成了"最先富起来的群体"，却也只是就"整体"而言，并非落实到每一个具体的个人身上都是如此。其中也存在"混废的"人——

这些年哪，没剩下钱的人也不在少数，其中有的都混成"困难户"了，比如……我就不说是谁了，你知道也有这样的人就行了。

我说的这个人今年60多岁，也是很早以前就去韩国打工了，他是总干"日当"，打日工，挣来一天的钱，够花几天的，他就玩几天，哪天早晨起来，睁开眼睛一看钱没了，就再去找活儿干……都玩啥？这么说吧，凡是在中国玩不了的东西，在韩国都能玩，而且是合法的。他就是这么个活法，咋还能剩下钱？

这个人的身体也垮得早，后来就干不动了。干不了活儿他在韩国就活不起了，就回国来了，仰仗着国家的低保政策生活，住着社区给租的廉租房，社区还得管他吃喝，每年政府都得在他身上花个万八千元的，完全成了国家的负担。可是这人心情可好着呢，一天天还是乐和的，完全不见愁。当然了，这也是个例，这个人是过分特殊了。

不过说句最保守的话，你在韩国打工就是得节俭着点儿，如果大吃二喝的肯定剩不下钱。韩国东西死贵，就连韩国人自己都过得紧巴巴的，他们到中国来旅游的时候，看了中国的物价都高兴坏了，说在中国生活太省钱了。

基于以上种种因素，举凡有过在韩务工经历的人，都不愿意自己的子女也以那种方式作为谋生之路，不愿意让子女去当那个"挣钱机器"，而他们的子女也基本上圆满了他们的期待。

具妍说——

我妈妈也去过韩国，2013年去的，当时办理旅游签证已经很方便了，800元钱就办下来了，我妈妈想看看我爸爸，就去了。到那儿碰上很多熟人，都鼓动她也干点儿活，挣个机票钱再回去，我妈妈就试着干了，干了3个月，签证期限就是3个月的，觉得收入挺可观的。

但是她后来也没再去，因为她在韩国只能干最底层的活，比如在饭店当服务员，很累，尽管在韩国并没有同乡笑话你——因为大家在那儿都这么干。同时也告诉我不要去干那活儿，她不希望我有那个经历。

我去过韩国三次了，最长一次待了半年。朝鲜族的大学生去韩国还会更方便些，他们给办理大学生签证，有效期5年，之后每年续签一次就可以，也可以永久续签，但是我没签，我从来没想在那儿常待。

第一次去韩国也是在2013年，我妈妈去后不久我就去了，到那儿就觉得韩国没有想象中的好，全是山区，道路也不是平的，有起伏的坡度，不像咱这儿一马平川的。我爸爸在那儿租了个不大点儿的小房子，尽管干净，却实在太小了，小到让人觉得很憋屈，透不过气来。

后两次去韩国是学美容，学文眉、粘睫毛等技术，全套的，其中一次我在韩国待了半年，那也是待得最久的一次了。那时我已经结婚了，没工作，觉得挺无聊的，就寻思干点儿啥，就去学美容了。回来后，还没等干起来呢，就发现怀孕了。孩子大一点儿之后，就来街道工作了，也就一直没用上这技术。

总之，我们这一代人并不向往去韩国打工了，父母不愿意我们走他们的路，而且家里也不需要我们这么干了。应该说我们这代人要的是生活，而不是单纯地赚钱，所以就不必去了。我爸爸那代人是最辛苦的，为了赚钱忍受了很多，不过明年他就能回来了，明年他就退休了，就有退休金了。我妈妈也有。加上这些年手里还有些积蓄，他们就准备安度晚年了。

作为辽河口地区"最先富起来的群体"，朝鲜族经历了他们独有的辛酸，也圆满了他们各自的心愿。如果在付出与收获之间置一架天平，想来应该也能保持基本的平衡，毕竟整体来看，他们的奔波、汗水和泪水均不曾空掷，尤其使自己的子女过上了他们一度求而不得的生活。

第四章　将来

道不远人。

——《中庸》

16. "漂泊"有尽头

在过去 30 多年间，当每一个春节到来之际，在韩中国朝鲜族人大多都会纷纷回国返乡，回家陪陪父母，陪陪孩子，陪陪分别日久的另一半。也有很多不回来的，或者受签证所限，或者是抓钱心切，也或者临时有事情缠绊。不过他们终归是要找机会回来的，至少怀着这种踏实的心愿。然后，再搭上飞机或者轮船，急急地赶过去。

这种虽不定期却绵延持续的往返，递增着他们的辛劳，也充实着他们的钱包；增长着他们的年龄，也增强了他们的信心——对未来的，或说对未来中的自己的。

几乎所有"回流"者在"刚出道"之时，心中都至少怀着三大愿望：建盖新房；安顿好儿女；为自己攒下足够的养老金。当岁月流转至今，前两大愿望绝大多数人都已实现——新房早早就在村里建妥了，也已把儿女"富养"成人，并陆续为其购置了房产，有的在户籍所在地的盘锦市，有的在近邻营口市，也有的在北京、上海、广州、青岛等儿女工作的所在地。目前只有第三个愿望尚存在分野——有人认为"够了"，有人仍觉"不足"。这也决定了早期"回流"者的两种现状："够了"的人已回乡养老，"不足"者仍然持续着这种跨国式的打工生活。

这些年间，"空巢"也成了辽河口地区朝鲜族村屯的普遍现象，就像汉族村在后期所表现出来的一样。尽管两者的房屋都已在双方不懈的拼搏中被建盖得越来越好，然而在过去许多年中，他们能待在舒适的家里安享清福的日子并不多，他们依然奋斗在赚钱的路上。

在当下，"独居"已渐渐超出"空巢"而跃升为了朝鲜族村屯的首要特征，显著程度比周边汉族村还要更甚几分，乃至很多，毕竟他们在此地的家族根系还不够深厚，当儿女不在身边，往往也并无侄男外女常来常往。那些自觉"够了"以及单纯地屈服于年龄或体力而陆续返乡养老的人，通常是各村屯这种"独居"特征的主要贡献者；其次，是尚感"不足"者的父亲或母亲。

"够了"与"不足"的认定，并非个人率性地随意判断，而是存在一个虽不成文却约定俗成的标准：存款 100 万元人民币。

前文提到的林一斌，也就是最初以"研修"名义"回流"韩国的那个人，在韩务工三年后就回乡在村里盖了新房，并一度由于"太累"而不打算再去了，转而到大连开起了出租车，收入不错，"卡里也有了点儿钱"。但是，当每次"过年时回家待上个把月，再回大连时卡里就又没钱了"，连着几年都是这样，就"寻思这样也不行啊，还是去韩国吧"。2008 年他便又去了，一直干到现在。其间他唯一的女儿大学毕业，并和母亲也去了韩国，一家人得以团聚在异国他乡。由于"手头儿没有个百八十万的，不敢回来养老"，时下的林一斌和妻子仍打算在韩国再干上几年，保守计划是干到 60 岁。

之所以能在 2022 年初访问林一斌，缘于他"独居"多年的母亲刚刚过世，此番的奔丧，令他尤为悲伤。

林一斌不曾受过高等教育，在韩国只能仰赖体力赚钱。他的主要打工场所是建筑工地，他的体力也就始终都在大幅度地支出，并使他的右腿落下了毛病，"有时候钻心地疼"。而且，他强调说——

其实现在去韩国打工已经不那么划算了，因为韩币和人民币的汇率越来越低，而韩国的人工费却不见相应地上涨……这么说吧，原来咱在国内每月能挣四五百块钱的时候，我们在韩国就能挣到 1 万多元；现在咱在国内每月能挣四五千元了，我们在韩国还是只能挣到1万多元。这里头的宏观经济因素咱也不懂，但能确定在韩国打工的性价比已经没那么高了。要不孩子们咋都不去了呢，这也是一个重要的因素。

与此同时，来自中国朝鲜族人在韩国也越来越不好找活儿了，不是没活儿了，而是他们对薪酬的期望值一直在攀升，并令韩国老板觉得雇用他们已"不划算了"。林一斌说——

现在越来越多的韩国老板更愿意雇用中国去的汉族人，还有越南人、菲律宾人，因为这些人大多不懂韩语，韩国老板就可以压低工资让他们去干同样的活儿。时髦话说这叫"内卷"，韩国用工市场的"内卷"现象已越来越严重了……这些年来整体来看，可以说是中国朝鲜族顶了韩国人，中国汉族人又顶了中国朝鲜族，越南人、菲律宾人则又顶了中国汉族人，现在越南人、菲律宾人的人工费是相对便宜的。

尽管如此，尚感"不足"的中国朝鲜族人仍在韩国苦撑着。这主要是因为这部分人比如林一斌，除了力气再别无所长，如果留在国内的话，依然挣不到他在韩国所能挣到的钱。

还有一些原本觉得"够了"并已经回国养老的人，由于家里后来出现了变故而急需用钱，也或者仅仅是消费超出了预期，便又再度踏上了赴韩打工之路。

30年前，他们为摆脱家庭贫困而去；30年后，他们为解决家庭危机或者消费危机而去。每一次出去，都是为了赚钱。不同的是，他们的年龄和体力都已大不如昔，这使他们的再去就含带了浓厚的悲壮之感，尽管他们很少有人会这么觉得，更鲜有人会在回国回村后向他人这么说起——他们愿意让大家看到自己衣锦还乡的风光，自己置办这"锦衣"的辛苦则是断断不肯说的。

实际上他们的再去，出于解救家庭危机的还在少数，更多人只是为了缓解消费危机，因为他们很容易就会"花冒了"。这一点哪怕在朝鲜族人自己看来，也多少有点儿过分了——

我们朝鲜族人的消费观念是，我们不攒钱，挣得快，花得也快。我们所说的"养老"，与你们所认为的养老也不是一回事。我们的"养老"通常是指那种好吃好喝好玩，同时又锹镐不动的生活……好吃好喝好玩指啥？那就是天天吃烤肉、顿顿喝小酒、常常打麻将、频频卡拉OK呗，至少很多人都是这么设计的。

与此同时，回来养老的朝鲜族人也确实基本是"锹镐不动"的。纵然是那些"还能干活的朝鲜族也都不干了，他们既没有汉族老人能省钱，更没有汉族老人能抓钱"。比如，盘锦16个朝鲜族村屯，几乎每一个村屯的村域卫生都是雇用当地汉族人来打扫的，本村本屯的"朝鲜族人不干，即使是缺钱的人也不干"。这种生活自然存在严重的坐吃山空的风险。

至于为啥不干活儿，也有自己的解释，或者是嫌"就那俩儿钱"不屑于挣，也或者是嫌"没面子"。在家乡，朝鲜族人总是很在乎"面子"；在韩国，他们却也总能毫不为难地撂下"面子"。

林一斌说——

说真的，虽说咱自己啥也没有，既没文化，也没技术，但是一年两万来块钱的工资却根本看不上眼，就是一个月五六千元的工资也完全看不上眼，因为我们在韩国挣过"快钱"，所以我们缺钱的时候也只能再去韩国打工。在韩国，只要你肯下大力，一个月就能拿到一两万元（人民币），那感觉就是爽啊，累也乐和，出来就是挣钱的嘛！

我们这些人啊，要学历没学历，要能力没能力，在韩国也就只能干最底层的活，比如到农村种菜、到建筑工地贴瓷砖、到医院当护工啥的，在饭店当服务员的就更多了，不过那多是女人干的……在韩国干着最底层的活儿，我们也不觉得低气，因为谁也不认识我，认识的家乡人也是谁也不笑话谁，因为大家在那里都这么干。可是一旦回了国，回到家，我们就不想再干这些活儿了，如果干了就会觉得很没面子，咱也说不清这到底是咋回事。

后来，在一位朝鲜族女性那里听到了另一种说法。其中隐含的信息似乎暗示了他们在韩国也并非不曾"觉得低气"，只是他们在别处找到了平衡——

你别看韩国富，韩国人的日子却过得可紧巴，我们穿的戴的都比他们好，好得多，别看我们在他们那儿打工。他们冬夏的衣服就那么几套，来回轮换着穿，那还是会社的领导层呢。而且，我们回国有房子，有退休金，他们则啥也没有，不干活就没法生存，他们得干到老。他们当中那些了解中国的人，还有知道我们根底的人，都可羡慕我们了！

所以，尽管我们在韩国干着服务员的活儿，干着待候人的活儿，我们也并不觉得低气。我们的目的很明确，到韩国就是来挣钱的，不管啥活儿，只要挣钱就干。回国后我们当然就不想干了，因为心态不一样了，回国后我就是"人"了，不再是"挣钱机器"了。"人"得生活，得讲究生活品质了。我为啥在韩国忍气受累地当那个"挣钱机器"啊？就是为了能让自己在回国后享受"人"的生活！

随时可去韩国"挣快钱"的条件，使朝鲜族人失去了在家乡"赚小钱"的兴趣。不过他们对村里的事务还是关心的，"村里有个工程啥的，谁都上那儿指手画脚去，简直成了义务监督员"。

这样的表现被很多人视为"矛盾"。

还存在另一个矛盾：返乡后的朝鲜族人虽然很在乎"面子"，并因此不愿在家乡"赚小钱"，然而个别坐吃山空的人，每到年终岁尾之时，往往也会频频地去找村干部，说："给我报个'五保户'呗。"据说盘山县就有这样一个人，"平日里天天骑着自行车晃荡，啥活儿不干，净指望着政府照顾，也不嫌丢人"。当然这只是个例，绝大多数人还是将经济空缺的填补落实在了跨国务工上。

朝鲜族人这种群体性的持续奔波，让年纪轻轻的金姝媛感受到了自己族群的"漂泊感"。

金姝媛的意思是说，由于朝鲜族人频繁地往返于中韩两个国家，并将其演化为了生活的常态，就使这个族群中的很多人悄然生出了一种没根没蔓的游离感——家在中国，却没办法长待；长待的韩国，则没有他们的家。当他们终于回到了家乡，回到了村里，由于"这些年来大家各忙各的，彼此又都生疏了很多"，于是也很难在短期内安下心来。或许这种游离的感觉很难被他们自己意识到，但是他们心里却已经存在着了。也或许，那种被他们明确感知到的疲惫感，很大程度上就源出这种游离感，也或者就是事实上的"漂泊感"。

如果事情果真如此，那么这种"漂泊感"想来也会有尽头的，依据是目前绝大多数朝鲜族人都已出于各种原因，把"回来"设定为"养老"的必需。1958年生人的吴东洛是其中代表，他说——

我还得在那儿再干几年，干不动了就回来，回来养老……肯定得回来，要不然你在韩国生活不起，那儿的生活成本太高。韩国人自己的生活压力都很大，经商的人生意不好的话，工人工资就开不出来；种地的人如果菜卖不出去，也是赔钱。这都是压力，他们活得比咱累，就连88岁的老太太还得出来干活哪，我就认识这样一个老太太。

还是那句话，我们去韩国就是为了挣快钱，但是现在这个优势越来越不明显了，过几年应该更不行了。所以我再抓紧干上几年，尽可能地多攒点儿钱……到时候就回来，回家来多自在呀，啥啥都有。

也就是说，朝鲜族人的"回流""韩流"是基于现实的各种考量，他们的返乡也同样如此。当现实状况发生变化之时，无论他们是否已经觉得"够了"，也都会返乡，而这样的时刻几乎与他们"干不动了"的时间相吻合。可以将此视为一个巧合，或许在"够了"面前，并没有那种令人心甘情愿地圆满收官的时机，而更需面对现实的迫不得已。

无论如何，年龄也终会使那部分仍觉"不足"的人结束奔波，体力也会使他们不再产生额外的消费渴求。他们那若有若无的"漂泊感"，应该也会随着他们渐渐安稳下来的脚步和心态，而渐行消退。

17.归属在中国

现年 90 岁的安允熙,虽然早在 9 岁那年就来到了中国东北,并在辽河口这片土地上生活了 81 个春秋,却至今依然无法用汉语与人交流,访谈之际只能仰赖她的外孙女金姝媛两边转译。这颇难为了金姝媛。

从小学起,金姝媛即就读于汉族学校,因为"妈妈觉得汉族小学的教学质量更好",并一直在汉族学校读到大学,不惜错失国家给予少数民族的高考加分政策。金姝媛对本民族语言的掌握就几乎全部来自家庭,而自初中时起她又因住校很少回家了,这使她很多时候虽然听得懂姥姥的话,却难以用汉语精确地转译过来。

这样的时候,她就拨通了她妈妈的电话。

当问起老人家的"归属"问题时,金姝媛的妈妈在电话那头儿略显为难,说:"这个问题估计老太太理解不了,她一辈子也没念过书,应该不大懂得这个词的意思。"

后来,在回看访谈记录的时候,发现安允熙老人其实已经表明了她的"归属",只不过是间接的——在问起老人家为何从不曾去过韩国时,她是这样回答的:"韩国不是我的家乡,如果是朝鲜,我是一定要回去看看的。"纵然是她的家乡朝鲜,她也只说要"回去看看",而不是"回去"。深感老人家的"归属"已经一目了然,虽是无意的,却也因此更为真实。

金姝媛证实了这样的揣测,尽管也是间接的——

我妈妈那头儿是兄妹 6 个，现在除了我妈妈和大舅在中国，其他几个都在韩国。我爸爸也去过韩国，在 2008 年。当年都是没有办法才去的。他们都没有接受过很高的教育，在国内就没有核心竞争力，找不到很好的工作，也没法在短期内靠打工挣来很多钱。比如我大姨原来在县城开饭店，几年后干不下去了，才去了韩国。当时她也不愿意去，毕竟那是背井离乡，还得离开我姥姥。我妈妈和我大舅都是 211 大学毕业，都是公务员，所以他俩从没有这个念头。

我对民族之间差异的认识，是迟至大学期间才感受到的，并逐渐深入。从经过那次关于"四奶"的聊天之后，我就开始留意同学们的闲聊了，继而了解到汉族同学的家里，基本都是爸爸在做饭，这个信息同样让我非常惊讶，因为在我的印象里，我爸爸从来不曾下过厨房，我大舅也是……我先生是汉族，我不知道这个选择有没有受到这些信息的影响，但能确定的是，等我们的小孩儿出生后，落户口时我会给他落为汉族。

如果从金姝媛的姥姥安允熙算起，"九〇后"的金姝媛当属朝鲜移民第三代，显然"归属"于她而言已不是问题。与她同属朝鲜移民第三代的"八〇后"具妍，也是如此。实际上在这代人眼里，去韩国务工都已成了一个人在国内不具核心竞争力的表现，这与他们的父辈一度争相去韩国务工并引以为傲已有本质不同。

至于金姝媛和具妍这代人的子女，也就是如今大多尚未成年的朝鲜移民第四代，则已谈不上"归属"问题了。因为这些孩子的父亲或母亲就有相当一部分是汉族，使得很多孩子都已不会说本民族语言，对自己的朝鲜移民后裔的身份更是无从知晓。

其实关于这段家族史，即便在第三代人那里也鲜有人知了，比如金姝媛。对安允熙的访谈虽然进行得相对艰难，金姝媛却保持了全程的细致和用心，并称自己很高兴也能借此机会了解一下那段家族历史，因为此前从没跟姥姥这么认真地谈过这个话题。

在访问陈万庆的时候，他的妻子，同为"八〇后"的李敏娴也一直在场，并不时给予补充，尤其谈到了这样一件旧事——

20年前，好像是2002年的时候，我和万庆正在韩国打工，韩国的SBS电视台正播放一部电视剧，记得叫《野人时代》，讲一个朝鲜人在"满洲"的抗日故事。当时这部剧挺火的，很多正在韩国打工的朝鲜族人都看了，我也看了，但是当时就感觉挺奇怪的，寻思"满洲"在哪儿呢？咱中国也没有一个叫"满洲"的地方啊？（笑）当时我和万庆是完全不知道那段历史，也不知道自己祖上就是从朝鲜半岛过来的。

那么金姝媛、具妍和李敏娴等人的父母，也就是朝鲜移民第二代，在"归属"问题上会是怎样的倾向呢？

原以为这个问题不大好问，也不大好答，但鉴于必须了解，还是尝试着问了——其实此番访谈的大多数人，恰恰就属于朝鲜移民第二代这个范畴。令人惊讶的是，他们几乎人人都表现出了更为强烈的惊讶，惊讶于这么问起："那还用说吗？当然是中国！"

继而发现结论虽是一致的，理由却很纷繁。

有人说——

我生在中国，长在中国，家在中国，养老也在中国，中国有我的退休金和医疗保险。中国好，我的日子就好；中国强，我的腰杆就硬。韩国的好坏，则只关系到我在那儿打工时挣钱多少，它好，我能多挣点儿；它不好，我挣得少点儿。如果太少了，我就不干了，就回来了。

有人说——

咱中国多大？它韩国多大？韩国还没有咱辽宁大哪！韩国和朝鲜加起来，才勉强顶咱们一个吉林省。地大物博的国家你不待，你要它那国籍干啥？况且韩国多乱哪，咱中国多稳当。早期也有个别人加入韩国籍了，那都是脑门子一热，过后大多后悔了。我是从来没那想法。

有人说——

我们跟韩国人是一个民族不假，现在韩国人也客气地叫我们"同胞"，但那真的只是客气，人家根本不拿你当自己人，他们只是比咱们更注重礼节。说到底，民族是民族，祖国是祖国，这是两码事。咱是小老百姓，也没考虑那么多，但是知道咱和谁是真正的"同胞"……啥叫"同胞"？有福同享，有难同当，才是同胞，咱个人的命运是跟中国的国运拴在一起的！比如当初咱中国还穷的时候，韩国人的敬语可从来不会用在咱们身上，哪怕咱比他爹的岁数都大。后来是看中国越来越富越来越强了，才肯对咱们用敬语了。

有人说——

韩国是资本主义国家，中国是社会主义国家，所以中国有"脱贫攻坚"，有"低保"，你要是真有困难，政府准会照顾你。而且中国还有少数民族政策，我们少数民族一直都是被优待的。这么有人情味儿的国家你不待，你上那儿干啥？那儿的人情味儿很淡薄，大家都是各过各的日子，谁也不管谁。

有人说——

别看我们都去过韩国，甚至长驻韩国，我们可不是享福去了，而是打工去了，我们在那儿也就是个打工的，就跟咱东北人去北京、青岛、上海、深圳等地打工一样。我们去韩国而没有去中国其他城市，是因为以我们的资历，并没办法在那里挣到很多钱，我们跟我们的孩子比不了，我们的孩子大多受过很好的高等教育，有能力，我们则除了力气和一点儿技术再没别的；我们去韩国而没去别的国家，也是因为我们去那里签证好办，而且有语言相通的优势，这样找活儿干活儿时就好沟通，不容易被骗。后来汉族人也有不少去韩国的，山东那边的人去得更多，但他们语言不通，在那儿打工就不如我们有优势，很容易被克扣，所以有些活儿我们不干，韩国老板会找汉族人来干，就是这么个道理。以我们的水平，如果也能在国内挣到同样的钱，那我们是绝对不会撇家舍业去韩国的。

至此，事情就很明显了。

不过，拥有多年基层工作经验的安正兴，还是做了总结性说明——

咱捞点儿干货说吧。咱打个比方，也跟你交个底儿：如果现在发生战争，我肯定是上战场为保卫中国而战，因为中国要是有个闪失，我的家就破了，我的退休金就没了，我一家老小都受影响；韩国要是有个长短，则跟我一毛钱关系都没有。不过呢，如果只是看场足球赛，我也可能给韩国人鼓鼓劲，反正中国足球也踢不出亚洲了（大笑）。

当然这仅代表我个人。实际上还有很多朝鲜族人时时刻刻都在捍卫中国，看奥运会的时候也是给中国加油，而不是给韩国或朝鲜加油。还有的朝鲜族人在韩国打工的时候，还会和韩国人辩论抗美援朝的正义性，甚至为此大打出手。

人和人是有性格差别的，但无论怎么差别，我们朝鲜族人都是心在中国，心属中国，心向中国，因为中国是祖国。我们虽然是朝鲜族，却也同样是唱着《学习雷锋好榜样》长大的，也同样学习过董存瑞、焦裕禄、王进喜，成长背景跟汉族同龄人是完全一致的，都在同一个意识形态之下，这就决定了我们对祖国的认同感。这一点上我们跟汉族人是绝无差别的。

而且那些入了韩国籍，或者长驻韩国的朝鲜族人，也不见得就意味着他们的"归属"感不同，其实他们做出这样的决定的时候，几乎都是取决于各种各样的现实因素。比如有的是因为韩国那头儿的直系亲属需要他留下来，有的是因为在韩国找到了更合适的稳定工作，有的是在韩国成了家，还有的是因为中国这头儿没啥人了，而韩国好赖还有几个亲戚，就留在那儿了，总之基本上都是个人因素所致。决定去留的时候，考虑国家和民族的人几乎没有，毕竟我们就是小老百姓，所有人的心思都在自己的生活上，不大理会宏观的问题。

安正兴挺高挺壮的，不苟言笑。不过开口之后，会让人迅速感知到他是一个善于思考的人。在他看来，今时今日，令人无法确定其归属感的其实只有他的父辈，也就是朝鲜移民第一代。他认为包括自己在内的朝鲜移民第二代中的大多数人，对各自家族历史的语焉不详，并不是不想说或者不能说，而是当真不大清楚。这种代际传递的终止，他揣测很可能是父辈的不得已的有意为之，约略在抗美援朝之后到改革开放之前的这个时期。

之所以圈定这个时间段，缘于在1953年抗美援朝战争结束之后，中国与韩国就开始处于敌对状态了，直到20世纪70年代中美关系、中日关系缓和之后才逐渐松动，到80年代才得以回温。众所周知，五六十年代中国国内的情况也很特殊。内外因素叠加起来，很可能就使朝鲜移民第一代觉得还是闭口不提家族来历为上策，尤其不能对子女提及，因为他们的子女即朝鲜移民第二代，当时正在急于融入主流社会。

那时候的朝鲜移民二代正值青壮年，对外界的热情远远超出了对家庭内部的关心，为了更快更深地融入更大的集体，他们自发地放弃了民族服装而改穿了那个年代流行的军装或汉服，并开始迫切地学习汉语。当时他们只有一个强烈的心愿：与更多的人保持一致，而不是与更多的人不一样。20世纪60年代末正在读初中的朴秀子说——

当时的朝鲜族中学只有营口街里有，咱盘锦这一片没有，我嫌营口远，就到附近的汉族中学去上学了。当时学校经常停课开批判会，通常是上午上几节课，下午去帮生产队拔草，拔稻田里的草，然后就开批判会了。每个同学都争着在会上发言，那叫"打炮"，是件很荣誉的事。

我也想发言，因为我想入团，争取在批判会上发言就是你被批准入团的一个有利条件。但是我说不好汉语啊，当时就特别紧张，当一半的同学都发过言了，我还在那里准备哪，我得先把想说的话都写下来，再照着念，我没法像别人那样张嘴就说，所以就在那里写啊写啊，终于写完了，我就在心里默念："我要发言，我要发言……"

第一次发言的时候浑身都哆嗦，太紧张了。之后我就刻苦地练习说汉语，并在会上争取发言，又历练了四五次之后，我终于能很流畅地发言了，"打炮"就打响了！我是我们班里第三个入团的！那时候能在学校里入团是件了不起的事，也很不容易，更别提是在农村学校里了。

有了团员的身份也很管用。我初中毕业后就回村里种地了，虽然只是初中生，但生产队里有啥事都来找我，开这个会找你，开那个会也找你，干点儿啥都找你，因为我是共青团员。这就为我后来的发展打下基础了。虽然我没有接受过更高的教育，仍然很快就进妇联了，成了大队的妇女干部。要不是我当年那么勤学苦练说汉语，并且入了团，一个初中毕业生谁能用我啊？更谈不上发展了。

各自子女与朴秀子相似的种种表现，"海外关系"在那个年代的格外敏感，以及那场迁徙所内含的屈辱，可能都是朝鲜移民第一代不愿提起家族往事的重要因素。纵然在酒后也很想一吐为快，最终却还是仅仅说了他们在过往岁月中的个人艰辛，以及一些家族经历的碎片，而不曾透露那个时期的整体背景。这样就促成了家族记忆在代际传递中的流失，甚至终止，关于各自家族的过往也就这么模糊起来了，且模糊至今。

至少安正兴这么认为。安正兴说那个时期他们的父辈出于避讳，而将那场迁徙的具体情由有意地不再传递，他们又正值青年或壮年，乡愁尚未孕育，目光全在当下，不仅对过往全无兴趣，还在将民族特征有意淡化。待他们年岁渐长，终于想起来这回事，父辈则已大多故去。

现在想来，尽管朝鲜移民第一代的主人翁意识也在那个时期得到了最大程度的增强，且获得了空前普遍的社会敬意，他们的内心却可能还是复杂的，毕竟他们还会想念故国的亲人，想念故乡的山山水水。但是当时的时代氛围，或许让他们觉得这种想念也是不合时宜的，于是他们选择了集体沉默。

那么，能否将安允熙的所述所感视为朝鲜移民第一代的集体心声呢？或者说，当朝鲜移民第一代在由朝鲜人蜕变为朝鲜族人之际，他们内心的接受程度几何？在接下来的日子里，在与故国两相阻隔期间，他们又会是怎样的感受呢？

闻言后的安正兴和其他人瞬间沉默了，就跟面对自己的祖上当年是缘何迁徙而来的那个问题一样。所幸，后来得遇了一位安允熙的同代人，也就是现年 88 岁的尹成龙，并从老人家的追忆中增加了对这一问题的理解。尹成龙说——

当年要加入中国籍的时候，也有领导找我父亲谈话，问我父亲愿意不愿意。其实那个时候已不由你不愿意，因为你的国家你回不去，你只能留在中国，中国政府又愿意收留你，还主动要把你变成正式公民，你还有啥不愿意的。不知道别人是咋想的，反正我父亲当时是觉得挺不错，还挺感激政府的。

我父亲那一代对朝鲜半岛的感情和我们不一样，和我们的下一代更不一样。朝鲜半岛对我父亲那代人来说是祖国，是家乡，而且那时候的家乡往往还有着他们的直系亲属，甚至还有他们的房子、土地和户籍。对我们这代人来说就基本上啥也没有了，而只是父辈的故乡，就是还有亲属也早已断了联系。对我们的下一代来说，无论是那里的朝鲜，还是韩国，都已是外国了，除了语言相通，和其他的外国就再没有别的不同了。所以说我父亲那代人就是对朝鲜半岛有些怀念，也是可以理解的，就像不难理解我们对朝鲜半岛的疏离感一样。

不过话说回来，后来我也回过老家一次，在 1960 年。那是三年困难时期的第一年，那时我们都吃淀粉了，完全吃不饱，一天天饿得抓心挠肝的。那时候朝鲜有苏联帮衬着，日子过得挺好，我老家还碰巧就是朝鲜平安道的，就寻思回去吧，起码混个饱饭。

我跟我媳妇就一起回去了，我们当时刚结婚，还没有小孩儿。那时候朝鲜男劳力很少了，打仗打的，也欢迎我们回去。我们就偷渡过去了，就在 1960 年春天，从东沟过的江，蹚河过去的。晚上过去的，得趁着夜色。过去了，那头儿就有接洽的，先把我们带到山里头藏着，再瞅准时机把我们带走。那头儿都是有组织的。那是在新义州，把我们带到了一栋楼里头——那年头他们就住楼了，里头已住了很多咱中国的朝鲜族人，都是偷渡过去的。

我和我媳妇就这么待在那儿了，待了两年。

最先把我分到了一个铁矿，干了一段时间，觉得不好，我就跑了。后来又把我分到了煤矿，也是干不惯。我去的时候是打算在朝鲜定居的，要不也不能带着媳妇，后来一看不行，加上家里老人还惦记，就又回来了……当时就是觉得朝鲜并没有传闻中的好。比如吃的就不好。第一年还行，有苞米面，有大米，尽管量很少，但好歹还是粮食。朝鲜旱田多，还都是山地，产不了多少粮食，大米就更少。第二年就不行了，上顿下顿地净吃土豆了，他们的土豆还不好吃，发涩。后来也是一天天地饿得不行，出工干活的时候，看见地里种的黄豆都抢着吃，就那么生嚼了。

回来时也是偷偷走的，他们不让走。那是在 1962 年秋天了。这次是从图们江回来的，图们那儿有一座大桥，桥走到一半，中国这头儿就有边防人员来接了，在桥这头儿，在那儿等着陆续回来的人，然后再统一安置……边防人员也不问啥，都知道我们是偷渡过去的，这是没混好，又回来了（苦笑）。回来的人也很多，不到两天就凑够了二十几个人，然后把我们送到一个地方集中学习，记得是学了一个礼拜。再然后就是你从哪儿来的，再回哪儿去，边防部门给你拿路费，我们就这么回家来了。回来也对了，因为咱这头儿挨饿的日子很快就过去了。我这辈子就回去过这么一次，此后再没动过这念头。

幸亏没留那儿，要不就惨了。

我们当年去的时候也是集体行动，总共十几个人。后来除了一个人留下了，其余的人都陆续回来了。留在那儿的那个人，是因为到那儿不久他就成家了，想回也回不来了。过后他来过中国3次，他的2个弟弟和1个姐姐还都在咱这头儿，我们是一个村的。

他头一次过来是在1982年，第二次和第三次都是在90年代。每次过来，他弟弟和姐姐都要凑点儿钱，给他买药和日用品，像青链霉素、打火机、火石和纱巾、衣服啥的，东西多到背不动。他紧着说没事，不怕多，只要你们给我送上国际列车，我就能背回去。

他是在沈阳坐火车直达平壤的。那时候他都不大会说汉语了，但是来回坐车啊过各道关卡啊，都能应付，也不知道他到底是咋应付的，很厉害……这些东西不是他自己用，他是想背回去卖，好挣点儿钱。他来的时候也背着东西，明太鱼啥的，还有铝锅，我们村很多人都买过，不过他那铝锅没有咱中国的好，会上锈，一上锈就黑了，咱中国产的铝锅是加了铜的，不上锈。

他每次都是这样来回倒腾，可是他的日子也始终没见起色。他最后一次来时还戴着当年偷渡时戴的皮帽子哪，我都认识那帽子。他姐就把那帽子藏起来了，又给他买顶新的，但是他走的时候还是给翻出来了，塞包里带走了。后来他就再没回来过了，估计现在人也没了……

我们家当初咋来的，我不大清楚，估计就是日本侵略，弄得日子不好过，就来中国了。我那次偷渡回去，也是为了吃饭，此后我再没那想法，是因为衣食不愁了。照我的意思来看，归属不归属的其实对咱小老百姓来说并不要紧，要紧的是吃饭，同时不受人欺负，不被人看不起。要不我咋不留在韩国呢？在那儿也不愁吃饭，但是咱没有国民待遇……打工的和坐地户哪能一样啊？就是在国内也不一样，何况还是在国外。啥叫祖国？祖国就是能让你心安理得地待在那儿的地方。眼下除了中国，我在哪儿还能心安理得呢？

尹成龙是1935年生人，出生在丹东凤城，1938年被"统制"到"荣兴农村"。

安正兴的父亲也是"荣兴农村"的老人儿。

安正兴虽然从未听父亲说起过早年的迁徙等种种事项，脑海里却留下了一个场景，一个在他年过40岁之后，每当下雨都会使他不由得想起的一个场景——

那是我20岁出头的时候，每当外头下了雨，无论是大雨或者小雨，只要是出不了工的雨天，我父亲都会坐到外屋地去。外屋地就是现在所说的厨房。当年我家是三间房，东西各一间是卧室，中间一间是厨房，东北话就叫"外屋地"。房子的正门正对着外屋地。

我父亲就会搬个小板凳在外屋地坐下来，正对着房门，房门敞开着，瞅着外头的雨，再卷根大旱烟点着。我父亲抽烟，还抽得挺凶，在家都是自己卷旱烟，出门才会带上一盒"大生产"。每次下雨，他都这么着，有时候我从外面顶雨跑回来了，还得从他身边挤挤擦擦地绕过去。当时从来没想过他为什么要这么着，更没想过这样的时候他都在想些啥。等我也渐渐地老了，这一幕才越来越频繁地浮现在脑海里……

我父亲64岁就过世了，过世前没有回过朝鲜，也没有去过韩国。其实我父亲是一个挺风趣的人，挺爱讲笑话的，还讲得蛮好，十个人在场的话，他能把九个人都讲得笑趴下，那一个不笑的就是他自个儿。我父亲也挺有个性的，同一个村子住着，谁家办婚礼他可能不到场，但是如果谁家有老人过世了，他是肯定要去的，还会在那儿一直帮着忙乎……

现在我也猜不出父亲当时在想啥，却莫名地觉得那应该就和故乡有关。

不过，尽管有这样的一幕幕，却也不见得我父亲的心就不在这里。

我父亲那辈儿是兄弟5个，没有姐妹，我父亲是老四。当年是父亲哥儿几个一起来中国的，带着我爷爷、奶奶，爷爷奶奶一直跟我大爷过，朝鲜族老人都是跟大儿子过的。我大爷是纯农民，我三大爷也是，我五叔在大虎山铁路段开火车，是火车司机。比较有名的是我二大爷，1958年辽河截弯取直时被炮崩死了，得了个"英雄"的称号。

我父亲就是咱国营荣兴农场的，当过大队的党支部书记，工作特别认真，也很受赏识……我不知道他是啥时候入党的。我想我父亲没有理由不愿意加入中国籍，因为他父母都是在中国去世的，他的兄弟也都在中国，朝鲜半岛已没有他的血亲了，而且他的工作表现也证明了他是在非常用心地搞社会主义建设。所以说，虽然我父亲也不一定就懂得"归属"这个词的意思，但是他的心应该是在中国的，也没准他在雨天里巴望着外面的时候，脑袋里其实是在盘算着农活呢……

人常说如果你不曾出过国，你就难以真正体会到什么是"爱国"。此说应该是客观的，至少多年的异国漂泊，已让朝鲜族人积累了一个扎实的经验，那就是自己的一切都跟自己的祖国——中国息息相关：中国贫，中国弱，自己就受歧视；中国富，中国强，自己就能挺起脊梁骨。祖国与自己的关系，从来不曾被他们这么深刻地感受到过，也从来不曾如此具体地亲自体尝过。他们的爱国情感已然在奔波的步履中悄然增强，他们的身份认同也已在跋涉的进程中持续夯实。

觉得安正兴所言非常贴切："可能我们不能算炎黄子孙，但是我们也是地地道道的中华儿女！"

18. 文化"胎记"尚依稀

时至今日，民族文化的漂淡已成为朝鲜族人的共识，他们普遍认为自己已同化于汉文化太多。这似乎也符合大多数国人的感知。

不过，马姥姥的外孙赵邦国对此并不认同，他认为朝鲜族其实也"同化"了汉族，比如自己这代人早就爱上了朝鲜族烤肉、冷面和小拌菜等，老辈人比如马姥姥也常常会把重物顶到头上运输，并对这个方法十分满意，而那就是"跟朝鲜族妇女学的"。总之，赵邦国认为，两个族群既然长期地比邻而居了，就绝无可能只是单向的文化输出；如果与朝鲜族人的交往再深入一些，对他们的了解再多一些，就会发现事实也正是如此。

事实是，朝鲜族人仍然保留着很多民族文化特征，在日常生活中诸如饮食上的可见特征之外，还有观念和心理上的隐性特征，这些特征在乡村，在那些上了年纪的朝鲜族人身上尤其活泼鲜明。而且，随着如今朝鲜族对民族文化的大力弘扬，这些特征还在日益醒目，宛如一块块"胎记"，凸显着这个族群的集体特征，也折射了辽河口朝鲜族在过往岁月里的集体经历。也正是这些文化"胎记"的依稀存在，使朝鲜族迥异于朝鲜半岛上的民众，而成就为一个独特的群体，成就为中国 56 个民族之一的朝鲜族。

朝鲜族人一致认为，自身在饮食上的文化"胎记"确实是很鲜明的——

你们汉族人爱炒菜，我们朝鲜族人爱喝汤。但是我们也是中国人，和你们一样生在中国，长在中国，也早已习惯了吃炒菜，也爱吃炒菜，可惜我们自己做不来，我们弄出来的既不是炒的，也不是炖的。比如最基础的醋熘土豆丝吧，你们汉族人家掌勺的那个人几乎个个都会做，我们朝鲜族人家则一般都做不来。

做饭上也有不同。我们朝鲜族人喜欢做红豆米饭，或者苞米碴和黏大米在一起做，你们汉族人则常吃纯粹的大米饭。口味上也不同，我们偏清淡，你们偏油腻。烹饪手法更不同，我们偏爱拌菜，海蜇皮、墨斗鱼都是拌食，你们则多是炒的炖的，就连海蜇都能炖五花肉。我们吃鸡是白水焯熟了蘸酱油吃，剩下的鸡骨头熬海带汤，我们吃鱼也基本是煎，你们吃鸡吃鱼则又是红烧又是酱炖的，花样极多，也都很油腻。

小咸菜上的差别就更是一目了然了，我们大缸小缸地腌，你们腌得很少，但是你们也爱吃，就像我们爱吃你们的炒菜似的，我们腌的小咸菜，还有做的米肠啥的，其实大多也都卖给汉族人了，因为朝鲜族家家都会做，不用买……你家小区如果有朝鲜族人，你一定要去拜访他，那样你后半辈子的辣白菜就不会断了。

我们跟韩国人在饮食上的差别也很大，甚至得说比跟汉族人的差别都要大。在韩国是不愁小咸菜吃了，他们的小咸菜品种多得数不过来，但是我们吃不着炒菜。韩国的饭店跟中国的不一样，那里的每家店都是只有一道主菜，而且不是炒菜，不像中国的饭店各式菜肴都有。

再一个，韩国生吃的食物很多，牛肉生吃，海里的鱼他们也几乎都能生吃，而我们不吃，我们只是偶尔才吃一回，吃个新鲜。我们在中国啥都吃过了，到了韩国就觉得他们的饭菜不好吃，韩国的菜都太甜了。我们在韩国从来没有"大快朵颐"这回事，因为他们在吃上特别抠搜，结婚办事情的时候都是挺简单的自助餐，虽说不像咱中国这么铺张，但是你也很难吃得过瘾。

同时韩国的物价也太贵了，我们在那儿很少有机会能在吃上感觉到幸福和满足。要不咋说挣够了钱肯定要回来呢，你说咱普通老百姓活这一世为了啥呀？不就是为口吃的吗？如果在吃上都得不到快乐，咱出那苦大力干啥呀？所以我们肯定要回来，回来多好呀，牛肉、排骨、西瓜啥的都随便吃。

不过，朝鲜族人对自身已同化于汉文化太多的说法，也并非空穴来风，他们为此所列举的事例每一桩都是一种确实的存在。比如房屋观念、婚姻观念的转变，以及妇女地位的提升等。

以前，朝鲜族人是不在意居所的，有很长一段时间，他们的居所在辽河口一带以"潦草"著称，而那房子也果然是草为顶的，稻草，也就是水稻的秸秆。这种稻草房的整体特点是"矮趴趴的"，在经历了几年风霜雨雪之后还会更显寥落。那时候他们的居所也普遍不置院落，而且既无鸡窝相伴，亦无猪圈加盟，就那么光秃秃的一座稻草房孤零零地立在那里，过日子的气息颇为寡淡。

贫穷并非导致这一现象的主因，因为与他们为邻的汉族人在那个时期也同样窘迫着，房屋院落却相对整庄得多。更重要的原因还是在于朝鲜族不在乎居所，有点儿余钱宁肯花在日常饮食上，也不会日积月累地攒起来收拾房子。

然而，一个奇妙的现象是，朝鲜族人所赚的人生第一桶金，却几乎人人都用在了新房的建设上，且大多是一步到位的那种，普遍新建或翻盖了气派的楼座子，或者宽敞的大瓦房，院子也都得到了同步的砌筑。由于朝鲜族人还被公认为很讲究卫生，且事实也果真如此，朝鲜族人的新居所就更是格外规整。当"新农村建设"和"美丽乡村建设"相继提出并在全国范围内渐次铺展开来，盘锦市各朝鲜族村屯的垃圾处理、道路硬化等也都得到了率先落实，更使每一个朝鲜族村屯都呈现了空前的整洁。

这样的事实，难道说明朝鲜族当年的"不在乎居所"根本上仍是缘于贫困吗？还是缘于他们在大江南北或者异国他乡漂泊了一番之后，而对"家"生出了别样的认识？不得而知。总之，朝鲜族人对住房的态度发生了改变，且是根本性的，而这也被朝鲜族视为了自己已同化于汉文化太多的一个佐证。

另一个佐证体现在婚姻观念的转变上。

历史上，朝鲜族特别忌讳与外族联姻，至于理由，有的说："民族不同，饮食习惯就不同，生活在一起不方便。"有的说："也没啥理由，反正小时候就是被父母这样告诉的，结婚对象必须是本民族的人。"有的说："哎呀，那都是老一代的老观念呗。"诸如此类。

还记得前文提到的吕相哲吗？当年他父母之所以将家从桓仁搬来盘锦，且不惜参与到艰苦创建新村的进程当中，只有两个原因：一是"能吃上大米饭"，二是儿女"能找到朝鲜族对象"。为避免与非本族人联姻，朝鲜族作出了竭诚努力。

相对于这种执念而言，就觉得上述"理由"过于轻飘了。而且，与外族联姻确实曾一度被朝鲜族人视为一件"很碉碜"的事。

20 世纪 70 年代，中央屯的一个朝鲜族姑娘嫁给了邻村的一个汉族小伙儿，执意嫁的，为此克服了"千难万阻"。然而即使"结婚了，爹妈也不让进屋"，姑娘也"一直让大家看不起"。这样的事实令那个姑娘在许多年里抬不起头来，并留下了"后遗症"，症状是"她老头儿都死了很多年了，而且社会观念都变化了"，在朝鲜族文化圈里也将与他族通婚视为"十分正常的一件事了"，她自己却"还是觉得很丢人"，以至于白发苍苍了也"从来不愿意跟人提起这事"。

这个勇敢又可怜的姑娘是朝鲜移民第二代。

朝鲜族人婚姻观念的拐点，发生在朝鲜移民第三代身上。综合多人的叙述可知，这是至少由三种因素促成的：一是后来的年轻人即朝鲜移民第三代，在谈婚论嫁的时候几乎已不会考虑对方的民族属性，而是更注重"眼缘"等其他因素；二是本民族的年轻人数量相对太少了，如果仍执意要找本民族的，嫁娶的难度系数会大大提升，"哪那么容易碰到合适的呀"；三是他们的父母即朝鲜移民第二代，对旧有的婚姻观念已不再坚定如昔，权威性也不再如昔，他们往往会说"孩子相中的，咱没有权力反对"，或者"孩子相中了，咱管得了吗"。

无论如何，汉朝通婚已不再罕见，更不会再遭人诟病。

甚至已有一些朝鲜族人，比如前文提到的林一斌，明确表示"愿意让女儿嫁个汉族小伙儿"，因为在他看来"汉族男人相对更顾家"，对家庭更有责任感，尤其是"咱东北的汉族小伙儿，基本上没有大男子主义"。同时他也强调："汉族人娶我们朝鲜族姑娘是'合适'的，因为我们从来不要彩礼，只要两个孩子对脾气，以后好好过日子就行。"

与此相对应的是，很多朝鲜族公婆在汉族儿媳要彩礼的事上也是不肯妥协的："我儿媳妇就是汉族，当年也要彩礼。我说没有彩礼，成就成，不成拉倒。我以后养老也不靠你们。"

整体来看，以朝鲜族男人娶汉族媳妇的居多，不过这样的婚姻在朝鲜族人看来"没有朝鲜族姑娘嫁给汉族小伙儿的幸福"，理由是"朝鲜族的家庭规矩相对要多，比如跟公婆说话要用敬语啥的，汉族姑娘不见得能适应，不适应的话就容易产生矛盾了"。再一个对孩子也有"损失"，因为"妈妈陪伴孩子的时候才多，那样孩子通常就不会说朝语了"，朝鲜族的双语优势就错失了。反之，如果是朝鲜族姑娘嫁给汉族小伙儿了，那么姑娘的"婆家就受益了，有朝鲜族小咸菜吃了呀，又不会出现争家产的情况——现在朝鲜族人不差钱呀，那就不会产生家庭矛盾了"。

嫁娶不涉族外人的传统婚姻观念的转变，也被朝鲜族人视为了自己已同化于汉文化的一个佐证，他们说："正因为同化了，所以才通婚的呀！通了婚，就同化得更快了。"

被同化的另一个"证据"，在朝鲜族男性尤其是可归属于朝鲜移民第二代的男性看来，是他们的"大男子主义"正在走"下坡路"，用他们的原话说，是"我们已经越来越支棱不起来了，人家不惯着咱了"。这里的"人家"是指他们的妻子。

大男子主义是朝鲜族男性的普遍特征，存在的只是程度上的不同，比如有的朝鲜族男性至今仍然不肯下厨房，哪怕饿上两顿三顿也坚决不肯生火做饭，声称那是"女人的事"。不过这在他们看来，已经是被汉族给"同化"太多的结果了："不然的话，就家家男人都这样，我们就不是个别现象了。"也是在他们看来，朝鲜族女性地位的提升，可以从她们被吸纳为农场职工或公社社员为起点："打那儿之后她们也挣工资或工分了，就开始跟男人平起平坐了。"

朝鲜族女性并不认同此说。车玉英说——

可不是那样的。那时候反倒是我们女人最累的时候，既得出工干外头的活，又得回头干家里的活，家里外头两头忙，一年到头比牛干得都多！他们倒是极轻闲的，只管干外头的活。我们都是在陆续到韩国打工之后才开始争取到家庭地位的，因为我们也能挣回大把钱了。

现年 77 岁的朴海元对此并不认真计较，温和地笑笑，说——

总的来说，以前我们朝鲜族确实是男的"欺负"女的，女的把饭菜端上桌了，都得往后退着走，不能转身走，还不能走远，得留意着男人动不动筷，要是不动筷，那肯定是饭菜不可口了，你就得马上给我另做给我换。可能从全世界来说，顶数朝鲜族女人最受"欺负"了。

不过那是以前，现在是反过来了，现在我们男人只有劳动权了，净是老太太"欺负"老头儿！我也常挨"欺负"，比如晚上我老伴让我给挠挠背，我就得给人家挠挠背……我不服啊！不服也没有招哇，老了。现在很多老头儿也都做饭了，都撑不住了。但是我还在撑着，坚决不做饭，你不在家，我宁可饿着，实在饿急眼了我就出去吃一口。衣服也坚决不洗，我在保持最后的倔强。

许多年来，有一点是朝鲜族男性和女性全体认同的，即三八妇女节前后是朝鲜族女性一年当中最"扬巴"的时候，通常为期3天，而且早在新中国成立后就已如此——

新中国成立后，直到土地承包前，那些年里每到"三八节"了，生产队都会杀猪，10户为1组，有几组就杀几头，确保每组都能分到1头猪，然后10家一起乐和一起吃。那几天女人就都"支棱"起来了，家里外头的活儿都撂下了，都不干了，成天喝酒打牌、唱歌跳舞，跳舞时都不要男人，就她们自己跳，自己玩。

这个习俗延续到了现在。现在尽管没有了生产队，也没有了生产队杀的猪，但是有村委会，也有村委会的关心，而且年年都有相关部门提供的节日经费，使朝鲜族女性仍然能在那几天里"扬巴"依旧，哪怕现如今的她们早已拥有了在平日里也可尽情欢娱的"权利"和条件，哪怕她们自家男人的"大男子主义"早已在岁月的流逝中被悄然"同化"掉了大半。

朝鲜族人对自身被同化的东西看得一清二楚，并津津乐道，对自身依然保留的民族特质却很少提及，甚至——不得不说——似乎并不曾意识到。可是这些特质在本民族以外的人看来，还是颇为醒目的，并深感有必要将其视为朝鲜族的文化"胎记"。

比如朝鲜族对"聚族而居"的需求及诉求。

在改革开放之前，辽河口地区的朝鲜族都是聚族而居，独自成屯建村。而且，每一个朝鲜族村屯都不大喜欢其他民族来"插花"入住。在改革开放之后，纵然村屯里有人搬去了城里，或者外地，甚至韩国，当他卖房子的时候，也不能随意卖给外族人，直到等来本族人买才能脱手。这往往会被作为"村规"中的重要一条，且被村民监督着严格执行。如今追溯理由，有人说——

我们向来都是独立居住，从没和其他民族杂居过，实在住不惯……比如我们村从 1980 年建村，到 2009 年拆迁，30 年里只有一个汉族女孩嫁进来了，那属于"婚迁"，此外再没进过别的民族。当年我们有 145 户 430 人。那时候其他民族很愿意住进我们村来，因为上边给我们的政策好，比如我们村总能先修路，但是我们不愿招他们进来……我们朝鲜族人从来不乱丢东西，院墙也都是敞开的，比如三家连排的住房，通常只在外围砌院墙，3 户中间完全不隔挡。我们的习惯就是这样，其他民族的来了习惯不同，怕乱糟。

我们村原来是"青年点"，知青走了，才把我们招来，成立了朝鲜族村，耕种知青开垦出来的稻田。我们从那时候起就是自我管理，而且我们管理得相当好，村规民约特别明朗，比如陆续进来的人都不能再建稻草房，只许盖瓦房，以求村容村貌的整洁。总之是生产和生活都极有民族特色，后来我们村年年是盘锦市的文明村，是这一带最好的民族村，现在挺出名的那个平安村都是跟我们学的，它那时候还不像样呢。

有人说——

国营农场的时候，汉族人早晨不吃饭就干活，干上一气了，再回去垫巴一口。朝鲜族人不习惯这样，我刚从吉林过来那阵儿，中央屯朝鲜族大队饱和了，不收户了，也没有闲房子，我就在汉族大队待了一年，也住在汉族村里，我就受不了这么个干活法，我媳妇儿也受不了这个。硬撑着待了一年，还是想方设法地转到朝鲜族大队去了。我们吃饭从来不糊弄。从那时起，我们就习惯了聚族而居。

之所以将聚族而居的心理期待视为朝鲜族的"文化胎记"，在于不曾在其他群体那里发现过类似诉求。不过需要强调的一点是，对聚族而居抱持期待的只限于仍然在乡的上了年纪的朝鲜族人，他们大多属于朝鲜移民第二代。

朝鲜移民第三代、第四代则基本上看不到这样的心理痕迹了，他们已彻底融入了城市的人流当中，如果不是在使用身份证或填写各种表格之时，他们甚至都想不到自己的民族身份了。

相对而言，仍然在乡的上了年纪的朝鲜族人也对国家的少数民族政策通常更为了解，部分原因在于他们始终都在受益于此。早在三年困难时期，国营荣兴农场就曾专门配给朝鲜族农工"大力丸"——"用黄豆做的，当时因为吃不到粮食，人人身上都浮肿，吃上这个能好点儿"。改革开放后，朝鲜族老年协会也得到了普及，几乎个个都是"装修好了，活动器材都配齐了"才交付朝鲜族居民使用，并且每个协会都有固定经费，或者直接拨款，或者配给土地，使其以土地转包费为活动经费。此外，每逢三八妇女节、重阳节等节日，当地政府或民宗局、统战部、老龄办等相关部门，还会额外为其拨付一定活动资金。老年协会是理论上每个朝鲜族村屯都必须配备的，在盘锦市的 16 个朝鲜族村屯当中就有 13 个，另外 3 个"也不是不配，而是人口太少了，弄不起来"。及至在近年开展的新农村建设和美丽乡村建设中，朝鲜族村的帮扶力度也更大些，基建上的投入相对更多，且是专项专款，各种配套设施都由此建设得更早也更完善。

在诸如此类的不被自身感知的文化胎记之外，朝鲜族人还有一个被他们明确感知并被普遍接受的文化胎记，那就是消费观念。

有人说——

我们朝鲜族人没有汉族人会过日子，攒不下钱。动迁的时候，不是都给补助款嘛，或者叫占地费，家家都得了，最少几万元，朝鲜族人个把月就把这钱花没影了，吃大餐，上歌厅，各种消费。汉族人却把这钱一直攒着，留着盖房子，或者添置大件比如汽车啥的。

有人说——

汉族人平常老不花钱，特节省，吃饭都很简单，买水果都买便宜的。我们朝鲜族人则好喝酒，有事没事都烤肉吃。所以在碰上家里有啥大事的时候，汉族人往往能拿出十几万甚至几十万来，朝鲜族人则拿不出来，只能现挣去，因为急着用，就只好频频地跑去韩国"挣快钱"。"挣快钱"是挺爽的，活儿却也更不好干，如果没那个必要的话，也没人愿意总那么干。反正是我们朝鲜族人花钱比较大手大脚，不像汉族人挣9块钱恨不能攒下10块来。

此外，朝鲜族还有一个显著的文化胎记，即水葬，至少辽河口地区的朝鲜族如此。

时至今日，辽河口朝鲜族也依然不设墓地，而普遍选择水葬。水葬之地，视逝者所在地的不同而不同——

如果是盘锦北部的盘山县的，就到盘山的绕阳河大桥；如果是盘锦南部的大洼区的，就到荣兴的辽河渡口……辽河渡口就是原来的老渡口，原来那条河不就是辽河吗？现在叫大辽河，但渡口还在那儿，前边就是海了，所以选在那儿……如果是住在营口市里的，那通常就出海了，有摩托艇，花千八百元地租来，驶进海口的水域再扬撒，不过十之八九还是扬在辽河里了，出海也嫌麻烦。

送到河里就完事，很简单……连骨灰盒都不用，直接拿红布一包，到辽河边上，往里一扬，再用点儿供品就行。供品都是好的，大伙儿当时就吃点儿，吃完也都扔进河里去……这些地点不是固定的，也不是谁设置的，就是因为方便，大伙都自发地奔那儿去，就约定俗成了。

我们也会留一张先人的照片，平时收在柜子里，大年初一一大早把照片摆到供桌上，再摆点儿他爱吃的，摆点儿酒啥的，供奉一会儿，然后再收起来，就是祭奠了。

综合了多人的说法，觉得这样的"水葬"之俗根本上还是为了给子女减少麻烦——

我们的儿女大多在外地甚至在外国，留个坟头的话还得一年扫几次墓，来来回回地太折腾人……死了就拉倒呗，扫墓有啥用？况且顺水入个大海多好啊，政府还给 500 块钱呢。

相对于自己的来历和经历，辽河口地区的朝鲜族更加关注当下与将来，当下越来越令人满意，将来也就被他们早早纳入了规划，描摹的图景也日益清晰。尽管子女以及子女的子女都是那幅图景中的主角，他们也从不曾将老年的自己与其捆缚在一处，而是都在尽可能地避免给子女"添麻烦"。这一点令人印象特别深刻。

朝鲜族人的集体荣誉感也很强。在三年新冠疫情期间，由于跨国流动受到了阻滞，使部分人没法从韩国回来，另一部分人也没法再去韩国，不过两下里的互动始终在通过网络保持着。而且在疫情暴发之初，尤其在国内口罩紧缺之际，滞留于韩国的朝鲜族人还往家里寄回了大量口罩，并由家人捐给了社区。

种种举动为朝鲜族人赢得了颇佳的口碑，朝鲜族自身也深以为荣，且不以此自矜，就像他们以前不曾以"小格田""埝埂豆"的"发明"自矜一样。他们说："同是中华民族的儿女，咱啥时候在民族大义上输过？"

总体来说，朝鲜族人的心理痕迹或说文化"胎记"或许会在朝鲜移民第四代身上得到进一步消融，甚至彻底消融。其文化特征却很可能也会在这一代人身上得到进一步彰显，因为他们的父辈即朝鲜移民第三代已在有意识地弘扬本民族文化，并取得了很好的成果。

19. 一位移民后裔的愿景

就像在众多朝鲜移民影像中脱颖而出的"随团技术员"李恩研一样，金勇也是为数甚众的朝鲜移民后裔中颇为醒目的一位。李恩研的令人念念不忘之处，在于他那波折又苦闷的一生；金勇的令人印象深刻之处，在于他那执着得近乎执拗的建设家乡的情怀。李恩研是1900年生人，金勇是1961年生人。作为相隔半个多世纪的两个同族人，他们都将自身的秉性展现到了极致。

金勇原名金勇虎，后来自己改成了这个名字。

或许需把金勇归于朝鲜移民第三代的范畴里，因为他是爷爷那辈儿来到中国的，初在桓仁，后到平安，也就是当年那个名叫"平安农场"的"集团部落"。1953年，国营平安农场与国营荣兴农场同期成立，由于其朝鲜族户数不足，没能像国营荣兴农场那样成一个纯粹的朝鲜族大队，而是组建了一个汉朝融合的大队，时称"平安朝汉联合生产大队"，也就是后来一度成为中央屯朝鲜族生产大队强劲"对手"的那个大队。金勇的爷爷和父亲，都曾是这个大队的农工，并同样在生产中与时俱进地持续增强了各自的主人翁意识。

金勇的爷爷过世于金勇出生的次年，即1962年。

20世纪70年代初，金勇的父亲金寿善被委任为平安农场修造厂的采买员，原因主要在于他"朋友多，有点儿门道，农场缺的东西他总能想方设法地买到"。金寿善的表现应该确实不错，没过几年，当平安鲜汉联合生产大队改制为国营平安农场平安分场之际，他就被委任为了分场副场长，又很快晋升为场长。

当了"一把手"之后，金寿善就开始大展拳脚，想办法"搞了个化工厂，主要是生产树脂胶，就是粘木头的胶，还做甲醛，卖到长春的胶合板厂，挣到钱了，就分给村里的老百姓"。按现在的话说，那应该属于"搞活村集体经济"，"那时候国家正提倡这个"。

那时候的平安分场也是汉朝联合的分场，含 2 个大队，朝鲜族的叫"平一大队"，汉族的叫"平二大队"，两个大队的队员也混居在一个村里。尽管"老百姓之间并没啥矛盾，（至少）没看出来"，金寿善还是在 1979 年，就在现今的平安村所在地开始建房，当时"钢筋、水泥、沙子等材料全是赊的"。等房子陆续盖起来了，再作价卖给朝鲜族村民，一间房 800 元，三间房 2400 元，四间房 3200 元"。到 1982 年，平一大队的朝鲜族就全部迁挪到了新村，形成一个独立的朝鲜族村，也就是今天的平安朝鲜族村。新建村位于老村的东边，两者"只隔着一条上水线，相距不过 1 里地"。

这并非金寿善的自作主张，而是平一大队朝鲜族的共同诉求，早在 1962 年，在盘锦农垦局宣传部召集的一次会议上，这种独自聚族而居的愿望就曾被国营平安农场的朝鲜族代表提出来过。金寿善实是圆了朝鲜族的一个多年夙愿。

之后，平安分场的化工厂经过扩建，又开始生产草酸并"出口美国，后来美国和中国闹矛盾，不要中国货了，就专供沈阳的厂子了，这就开始赔钱了"。随后的某一天，在一次会议上，金寿善又"得知了什么产品不合格，瞬间急火攻心，就脑出血了"。在场者七手八脚地把他抬上车，紧着送往附近的田庄台医院，"路况不好，车子还开得急，这么一颠，人就彻底废了"。

那是 1992 年阴历四月初五，在金寿善 55 岁生日的前一天。

那时那刻，作为金寿善长子的金勇，正在韩国的大街小巷卖药——

那也是我第一次去韩国，1992年3月去的，签证是3个月的，等我6月份回来，才知道父亲已经走了一个多月……不是信息不通，是村里人商量好了不告诉我，认为"人已走了，告诉他也没用，他的药还没卖出去哪，弄不好人财两空"。当时同在韩国的平安村的人都知道了，只瞒着我。平常我们总在一起玩儿，忽然发现他们都躲着我，我还挺纳闷，后来才知道是他们怕说话说漏嘴了。我们几个人是一起去的，也一起回来，在大连下了船，打车回家的路上，他们才冷不丁地跟我说"你爸没了"……

当年去韩国的中国人很多都是卖药，卖牛黄清心丸、乌鸡白凤丸、虎骨膏、熊胆等。这类药韩国也有，但是贵，而且韩国人很认北京同仁堂的货。我摸着信儿了，就各地去买药，到厂家直接买去，其中鹿茸是在咱辽宁西丰买的，清心丸等是在北京买的。为此连借带挪的，统共花了11万元的本钱，下了血本，也下了狠心，那时候求富心切，都奔"万元户"使劲呢。

当时咱想得很单纯，以为只要把药带到韩国去了就能卖钱，到那儿之后才知道并不好卖……到那儿后有朋友带着，帮我提拉着药兜子，到汉城火车站、地铁通道等地方去卖。到这些地方一看哪，卖药的中国人老多了，尤其是地铁通道，放眼处全是咱的同胞，人家还都是长得挺好看的小丫头，也都是朝鲜族，都会说韩语，我一个老爷们，咋卖？

我硬挺着在那儿守了几天，也没卖出去几盒药。

随后就碰上了一个韩国人，挺大年纪的一个人，手头儿正有工程，却找不着干活的人，听说地铁通道里中国人多，就赶来招人了，说管吃管住，你只管干活拿钱就成，一天韩币3.5万，当年合人民币300元。我一听，就紧着说"我去"。要不没辙呀，这药眼瞅着卖不动，还天天都得花钱吃饭住宿。我就跟这个人去工地了，途中还叫上了一个朋友。

　　工地上有个给我们做饭的韩国老太太，挺心慈好善的，也挺同情我们这些撇家舍业出来打工的人，她听我说还存着好多药，就主动说帮我卖。到了晚上，厨房都收拾停当了，老太太就让我拎上药兜子，带着我去挨家挨户地敲门，跟人家细细介绍说"有个中国人带药来了，靠谱"。连着十多个晚上这么着，我带过去的药就全部卖光了，也挣着了……那老太太帮了我大忙……我那时还不到 30 岁呢，可能也挺招人稀罕的。那阵儿中国人卖药的太多了，形成了一股风，就跟随后争抢着往韩国嫁姑娘似的。

　　此后的金勇，也像其他"回流"者一样，频频地往返于中韩两国之间，不过不再卖药了，而是到建筑工地"挣快钱"。过程中他逐渐"认识了很多韩国老板"，就自己当起了"工头"，组织并介绍中国朝鲜族人到各个工地去干活——

　　现在的"工头"很多了，而当年不多，朝鲜族人到了韩国也找不到组织，找合适的活儿更不容易，一时半会儿还没地方栖身。我当时是供吃供住，住的地方不次于国内的三星级宾馆。干一个工程挪一个地方，在每个地方干活都吃住得挺好，大家就都愿意跟着我……我也干活儿，不过我是打样，告诉别人咋干，都干到我这种品质，这样才有信誉，才有源源不断的活儿。

　　我最后一次去韩国是在 2008 年，签证是 5 年的，2013 年回来，春末夏初的时候。回来后到市里买了房子……村里的房子早就翻盖了，这是又到营口市里买了套房子。咱们平安这一片的人说的"市里"，基本都是指营口市，而不是户籍所属的盘锦市，因为咱这儿离营口市更近。随后就装修房子，自己装，别人做的活儿我看不上眼。我装得可好了，那个小区里的人都来我家看装修，都相中了，就请我给他家也装了，我就这么开始接装修的活儿，一年多干了八九套房子的装修，客户都很满意……那就得请专业的师傅干了，我指挥并监工，必须达到我的标准。有一次我儿子放假回来，要学着贴瓷砖，没贴好，我让他刨了3次，必须刨。

到2015年，我那个小区里的装修活儿基本干完了，我就到大洼街里开了一家饭店，生意不赖，干到2016年10月……2016年是平安村委换届年，那年3月我就被选上来了，选为村委会副主任，但是主持村里工作。2019年初，在"两委"补选中我当选为村委会主任。2022年5月，我就是村支部书记和村委会主任"一肩挑"了。

这期间正好赶上美丽乡村建设，周边的汉族村子都开干了，由于种种原因咱平安村还没动静，我就张罗着开干。原来平安村的村路很窄，只能跑一台车，路两边都是树，我就把树都刨了，移栽到别处去，把村路扩宽为两车道。路两侧的排水沟也都新弄了，全部改建成了U形槽，还在村里的公共区域修广场、建凉亭，并实现了村域路面的全部硬化。随后就是挨家逐户地改造，屋里装壁挂炉，改烧天然气，屋外建入户桥、铺甬路、装木栅栏。总之就是进行环境大改造，让整个村子从里到外焕然一新。

村子建设的整个设计都是我自己做的，活儿也是我带着村民自己干的，只有专业活儿才雇了外人。从选材料、买材料，再到选雇专业队伍，我都亲自负责，而且是实打实地一丝不苟。那时候我比现在能胖点儿，大家都管我叫"金胖子"，谁都知道"跟金胖子捅钱不好使，得材料好，得活儿好才行"。我是实实在在地干，不贪不占。村里资金紧缺的时候，我还自己掏钱先垫上，先后拿出200多万元。

这么弄了之后，咱平安村就出名了，不仅在盘锦市16个朝鲜族村屯中首屈一指，还先后获得了很多荣誉称号，像"全国文明村""全国民族团结进步模范集体""中国美丽休闲乡村""全国生态文化村""辽宁省先进基层党组织""辽宁省文明村"等，还是"全国美丽乡村试点村"，整个辽宁省只有6个，咱是其一。

作为盘锦市大洼区平安镇平安村党支部书记、村委会主任，金勇的个人殊荣也是接踵而至：2019 年获评"盘锦市优秀共产党员"，2020 年获评"辽宁省民族团结进步模范个人"，2021 年获评"盘锦市优秀人大代表""辽宁省优秀共产党员"，2022 年获评"辽宁省劳动模范"……对此，金勇说——

我的干法，用句时髦的话说叫"心系家乡发展"。我的愿望其实很朴实，就是想把平安村建设得更好，我寻思这个村子是我父亲一手创建的，他的心愿就是让村民过上好日子，他没能彻底实现这个愿望，那么我有责任有义务帮他圆了这个心愿，或说遗愿，无论从公从私，我都得这么做。实际上我的做法也是在延续我父亲的做法，比如我也始终在致力于村集体经济的发展。

在 2016 年的时候，我就组织村里的留守妇女制作辣白菜、打糕、米肠等朝鲜族特色食品，2017 年和 2018 年连做了两年，就在老年活动中心干，也就是老年协会。当时参与的妇女有七八个。干得挺好，订单源源不断，领导很认可，随后政府投资 400 万元，在 2018 年 7 月开始建厂，2019 年 10 月份进入新厂。没等大展宏图呢，新冠疫情闹起来了，这就足足停产半年。随后的两年多也都是小捅咕，形势稍微缓和一点儿，就趁空做一点儿，没别的办法。

这期间还发展了民宿。把村里一些人家的空房子改造一下，建了几个朝鲜族风情的民宿，像"平安之乡""阿玛尼之家""金达莱之家"等，发展特色乡村旅游业，吸引了很多人。食品厂和民宿的收入，主要用于给村民安装净水器、投保意外伤害险、安装互动电视等，甚至用来缴纳每家每户的自来水费、购买每家每户的垃圾分类袋等，群众很满意。总之，我是在建设这个村子，并保护这个村子的民族文化，让村民在这里生活得舒服。村民能提升幸福感，就是我的成就感。

金勇的经历与成就，在朝鲜移民后裔中是一个典型，也因此更为醒目。

近些年来，辽河口朝鲜族还有一个普遍的诉求，即"期待政府能够任用更多的朝鲜族干部"，他们觉得"现在的朝鲜族干部太少了"，相对于改革开放之前而言。他们说在 1990 年以前，国营荣兴农场的各部门、各科室几乎都有朝鲜族干部，现在则很少了，"整个农场只有 4 个朝鲜族干部了"。

这一诉求在金勇等现任朝鲜族干部看来，实难达成，有两个原因：

一是朝鲜族中很多人"没啥政治抱负，史上就没有这样的文化积累"，尽管"当干部受尊重，挺荣誉，但同时也有责任，也有压力"，你职位越高，责任和压力就越大，"睡觉越来越不踏实"。而朝鲜族人大多不愿承受这个，也不愿意受约束，1990 年以前是"没有更好的出路，所以有人当干部，此后出路多了，多数人也就不干了，多数人更愿意当个饭店老板，或者给韩国代工厂当个厂长"。

二是朝鲜族人在 1992 年中韩建交之后，"更是一窝蜂似的都出国抓钱去了，当年就连正当着乡长、会计的人都纷纷辞职去韩国打工了"。所以当原有的干部"走的走，退的退"，就再没有接续的了，朝鲜族干部的比例也就越来越低了。

金勇对人们在当年的这种取舍很是理解，因为他自己就是最先出去"抓钱"的人之一，只不过也率先觉得"够了"，所以才将赚钱的欲望转化为了承担一定社会责任的愿望，得以在家乡担任村干部至今。不曾出去"抓钱"的安正兴也说："当年赚钱的诱惑多大啊。我家是有我媳妇在赚钱，不然我可能也要舍下工作出去了。当你的邻居都一个紧接一个地富起来了，你就不可能还甘于清贫。"

事实是，组织上始终都很重视朝鲜族干部的培养，也希望有更多人可以任用，毕竟"本民族干部在处理本民族事务时会方便得多"，然而"苗子很难发现，留在村里的年轻人实在太少"。其实在这些年里，举凡是朝鲜族村，当地政府都会试图就地选拔一名朝鲜族村干部，甚至不惜"破格"使用，比如放宽学历要求、完善组织关系等，使"但凡没有出去或出不去的朝鲜族人，大多都当了村干部"。只有在"实在选不出"的情况下，政府才会派来汉族的精兵强将。

不过，金勇和安正兴等人同时认为，朝鲜族干部应该会逐渐多起来，依据是目前就有一批"九〇后"已不愿尤其不需再去异国或他乡"抓钱"了，并被他们的父母赋予了提升家庭社会地位的期望。他们有的承包了土地，重拾了祖辈种稻的技能，不同之处在于他们已是以种植大户或新农人的身份而存在；有的人从"村官"做起，继而担任乡镇或街道干部，以期在家乡建设上发挥更大作用，就像金勇那样。

20. 逐稻，生之道

将辽河口地区朝鲜族的集体经历追溯至此，已可以得出这样的结论：所有的迁徙与流动，都是为了生活或者生活得更好。与其说朝鲜族是一个"逐稻而居"的民族，莫不如说朝鲜族是一个为了生活以及更好的生活而一直在全力以赴的民族。

"逐稻"之路，实际上就是朝鲜族的"生之道"。

从后面的事态发展来看，朝鲜族追逐的也确实并非种稻，而是生活的保障与改善，因为在稻米不再是非得自种方得食的年代里，他们就相继放弃了种稻。如今，那个曾经大名鼎鼎的中央屯朝鲜族生产大队，也就是今天的中央屯社区，已只有 2 户朝鲜族人家还在种稻，其中一户种着 200 多亩，另一户种着 1000 多亩。余者则完全不再下田了。

辽河口地区其他朝鲜族村屯的状况，也大体如此。个别村屯即使是政府配给朝鲜族老年协会的十几亩稻田，也都是转包出去了。

那么，朝鲜族人不会怀念过去那种逐稻种稻的生活吗？

村中老人闻言都无声地笑了，说——

现在走道都困难了，还怀念啥种稻子呀。

辽河口地区每一个朝鲜族村屯的土地，就这样在过往岁月中逐渐向种粮大户集中。种粮大户的稻作生产也早已不是为了谋食，而是为了生财。其中令人印象深刻的是金吉龙。

金吉龙是 1960 年生人，祖籍韩国庆尚北道的首府安东市乡下，位于洛东江上游支流的冲积平原，祖上即以种稻为生。1934 年庆尚北道洪水泛滥之际，他家也是被政府集体迁来中国东北并被安置到"荣兴农村"的农户之一。时年他的爷爷已年近五旬，身体应该还硬朗着，因为金吉龙的父亲出生于 1938 年。金吉龙说："我爷爷比我父亲大 50 多岁。"

对于家族过往，金吉龙也不曾知道得更多，他出生时爷爷就不在了，而"父亲不爱讲过去的事，母亲讲得能多点儿，但母亲也已在 1998 年去世了"。母亲去世之前，金吉龙还没啥心思了解家族过往，"整个心思都在抓钱上"，当年正随着一艘韩国渔船漂泊于太平洋，体验着与前文讲述的闵元龙差不多一样的经历。

让金吉龙时下深感欣慰的是，他在 1997 年就将家里房子翻盖一新了，"四间带跨，也就是正房边上带了一个小仓房"。居住面积 174 平方米，"厕所也在屋里，装了冲水马桶的那种"，这使他母亲在生命的最末一段日子里，生活是相对舒畅又称心的。

母亲的过世，似乎让金吉龙对人生进行了重新思考，进而得出了"金钱诚可贵，生命价更高"以及"金钱诚可贵，亲情价更高"等种种新的认识，由此他不再跟船漂洋过海，转而随大流儿地也去韩国打工了，"毕竟那是在陆地上"。当时他"办的是旅游签证，期限只有 3 个月"，这使他只在韩国干了 2 个多月就回来了。他不曾细说那 2 个多月的具体经历和心理感受，能确定的是他此后再也没有去过韩国。

金吉龙体态魁梧，步履铿锵，似乎迈出的每一步都要将土地全面踩实了，才肯抬起脚来再迈出下一步，这使他看上去是如此沉稳扎实，堪称"安全感"爆棚。对于留乡，他最终给出的理由是"家里有老人，老父亲还健在呢，得有人照应"。他想让父亲亦含笑而去，就像母亲那样。

2001 年，金吉龙被选为村支书，连干了两届共 10 年。2011 年，金吉龙在村里承包了 300 多亩土地，成了种植大户。他自 18 岁起就在生产队参加劳动，这也是他承包这么多稻田的底气所在。

金吉龙说——

我们家历来都是男性居多，我爷爷有 2 个儿子，我父亲有 2 个儿子，我也是有 2 个儿子。我很想有一个"小棉袄"，但是没有。我的 2 个儿子现在仍在韩国打工，大儿子学历高些，在韩国的一家企业；小儿子不爱念书，是技校毕业的，现在在建筑工地干活。不过小儿子懂机械，修车啥的都会。每年 5 月小儿子会回来帮我种地，种完了再去韩国，干上几个月活儿，收割时再回来。小儿子也有 2 个儿子了，媳妇是汉族……我没意见，只要他们小两口过得好就行了。大儿子还没有结婚，好像学历越高的年轻人越不爱结婚。

我弟弟也在韩国呢，再干个三五年也就回来了，快干不动了……我 18 岁就开始种稻子了，经验是有的。不过当年一个人只能侍弄两三亩地，那时候都是人工插秧，一个人每天也就能插 1 亩半秧苗。现在好了，全是机器插秧，一个人一天能插 50 亩。

不过还是需要雇人。每年 4 月开始育苗，自己搭棚，雇人育苗，至少要雇十四五个人，得两三天才能完成 300 多亩地的育苗。40 多天秧苗就长够了，可以起秧。5 月 20 号左右插秧，持续一个星期，月底之前完工，这也是老话说的"大干红五月，不插六月秧"。

插秧时连补秧再跟机器，也得雇 10 多个人。雇的都是汉族人，朝鲜族人多数不在家，即便在家的人也不干或者干不动了。每个人日工资 150 元左右。然后补秧、给肥。现在都给一次性肥，旋地时就给了。插完秧再给一次肥。在水稻生长期，也得长期雇用三四个人，负责看水、撒肥啥的，不然自己照顾不过来。咱的稻田里也养河蟹，那也是收入的一项重要来源。

11 月收割，不过通常到 10 月底就能知道大概收益了。

今年（2021 年）状况不大乐观，农资涨价，人工费也涨价，涨到每人每天200元了。今年的产量也比往年低，一个是今年阴天多，水大，稻子籽粒不饱满，瞅着稻子长得挺好的，但是不实成。稻子是先从上边成熟，然后再成熟下边的。今年还下了一场雹子，砸掉了一些粒子。今年种的品种是香稻219，这是咱盘锦培育出来的一个品种，正常年景是亩产1300多斤，今年则只有1200多斤。这个品种的大米口感更好些，比别的稻子每斤能多卖1毛钱。但是今年的价格也不及去年的。我们是直接送到大洼街里的米业公司，由他们按市场定价。

不管咋样，这些年来我还没经历过赔钱的年头。村里包地种稻的人也在陆续增多。我们这个朝鲜族村户籍人口300多人，现在包地的就有十来个人了。最多的400多亩，少的不到100亩。

金吉龙的承包期为20年，2021年时刚好过去了10年。他坚持种稻的理由在于"种稻子并不比去韩国打工挣得少，还不用撇家舍业的，又能照顾老人"。这也从侧面印证了朝鲜族的"逐稻"就是"生之道"之说："咱在家种稻子比去韩国打工自在得多，生活上也一点儿不比他们差。"

为了生活，朝鲜族人各种考量，并在现实条件下做出了最好选择。也因此，随着"回流"者的渐渐老去，"韩流"不再那么如火如荼，就连对这一行为的社会评价也发生了转变。在"回流"渐趋尾声的同时，还有很多人已在陆续返乡了。当年辞职而率先进入韩企，后又赴韩务工的朴金秀就是其一，她及她的家人已于2018年返乡。

返乡当年，朴金秀就被街道委派了一份工作。对于不高的薪资，朴金秀说："我接受这份工作已不是为了挣钱，只为让自己有个营生。"

朴金秀很安静，是那种见过大风大浪后趋于沉稳的安静。她的表情也很纯净，就是一种淡淡的和悦，几乎不笑，也绝无愠色，就连语调都是和缓的。她说——

在韩国打工多年，最大的收获是让我的生活不再有压力。不过我不喜欢韩国，从来没喜欢过……说句掏心窝子的话，就是因为在那里我是"低气"的……而且，韩国也太小了，房子一个紧挨着一个，让人觉得很憋屈，不敞亮。当然韩国也有好的地方，比如地铁的座位都是热乎的，所有的卫生间都很干净，没有异味，都配有手纸。但是我还是喜欢不起来。这或许也跟自己在那儿的经历有关。我在那儿就是一部"赚钱机器"，冰冷的机器，从不考虑"人"的感情和感受。

我刚去韩国那年是在一家餐馆打工，生意很好，几乎每一天顾客都是爆满的。我在上午10点去了，始终端盘子来回跑，一直到下午4点。自己觉得已经很卖力也很用心了，但是并没有人注意到我，更没有人赞扬我，甚至老板娘还会觉得我做得并不好，因为当时我还不会用洗碗机，摆弄不明白那些按钮，老板娘就挺大不高兴。

那时我一天能挣5万多韩币，折合人民币300多元，然而我并不开心。那时我还是拿自己当个"人"的。过了半个多月之后，我才习惯了拿自己当一部"机器"，只要有钱赚就可以了，不再期待其他的。

我有一个儿子和一个女儿。现在儿子在深圳，女儿嫁到了青岛。女儿暂时没出去工作，刚生了小孩儿。儿子和女儿都去过韩国，但从来没有在那儿打过工，我不让他们在那儿打工……儿子曾在韩国的建筑工地上干了一个星期，不过是权当"体验生活"干的，挣了2000多元人民币，全拿出来请同乡吃饭了……

我不需要他们像我那样拼命了，我们家在经济上早已没有压力，这也正是我曾经那么拼命的价值所在。我已经当过"机器"了，就不需要我的孩子再去经历那种经历了。我的曾经付出，已足以保证他们不必再那样被迫无奈，那样委曲求全……

也就是说，朝鲜族人在生活面前的无奈在一代代缩减——通过上一代人的辛苦付出。

作为朝鲜移民第二代的刘兴全说——

我们父母那代人是真伟大呀，为了填饱孩子们的肚子，起早贪黑，想尽了办法。新中国成立初那阵儿生产条件不行啊，土地盐碱重，还没化肥，也没除草剂……那时候为了杀碱，人们就把稻烂子往地里背，全靠人工背，你说背一年也不抵现在的一袋肥呀。那时候地里的草也长得贼猛，今儿个拔了明儿个长，现在扬一次药就彻底解决了……

那时候跟现在比不了，无效劳动太多。我们父母那代人都遭老罪了，稻子产量还上不来。产量上不来，生活就困难，种水稻的人也不能管够吃大米，总得拿出部分大米到义县去换些粗粮回来，和细粮掺着吃，光吃大米的话完全不够吃。那时候冬天能有两个月的农闲，我父母都是趁着农闲打草袋子，搓的搓，缝的缝，天天忙。就这么搞点儿副业，好给孩子们做套衣裳、买点儿糖块啥的……

辽河口朝鲜族祖上的那场跨国迁徙，无论是自发还是被迫，根本上都是为了在乱世中求生求存，他们以辛勤的水稻种植使家族得以延续。他们的下一代自20世纪90年代的"回流"或说"韩流"，也是为了尽早摆脱贫困的桎梏，并以同样辛勤的汗水换来了生活的富足，尤其使自己的下一代拥有了选择生活的资质，更使他们的孙辈得以在"蜜罐"中成长。

人常说打造一个贵族需要三代人的持续努力。逆转家族的经济态势对辽河口地区的朝鲜族而言，显然也同样付出了三代人的不懈奋斗，并饱含了前两代人的流动与漂泊。

所有的流动与漂泊，都是为了生活，而非为了种稻。

辽河口地区的"逐稻者"以及他们的后代，在接近一个世纪的时间跨度里，上演了两场跨国流动。前者为了糊口求生，也为了"自耕农"；后者为了摆脱贫困，也为了"万元户"。前者梦碎"八一五"，后者梦圆新时代，尤其使自己的下一代获得了小康生活。如果当真有"泉下有知"这回事，那么想来那些名副其实的"逐稻者"会为此深感欣慰的，因为他们的后代正在受益于他们曾经的跋涉。

如今，中国有朝鲜族人口 180 多万人，大部分仍居于东北地区，多达 120 余万，其中辽宁省约 23 万。迄今访谈过的辽河口地区的朝鲜族人普遍认为，相对而言，朝鲜族的受教育程度、生活水平都还是很令人满意的。这样的强调，或许也是他们对祖辈的一种慰藉。

那些仍在韩国打工——为养老金做最后几年努力的人，尤其强调说——

我们在外头也一直对国内的经济发展特别关注，因为那关系到我们每一个人的务工收入，尤其是切身感受……啥是你的底气和靠山？当你身处外国的时候你就知道了，那就是你的祖国！

无论如何，辽河口地区朝鲜族的集体记忆已经表明，糟糕的国际形势足以影响一代人，甚至几代人，但是永远抹杀不了广大民众求生求存的顽强意志，最终他们还是会迈向并迈进幸福生活当中。所有国家以各种名义发动的所有非人道行为，除了给自身留下一个难以刮擦涂抹的历史污点之外，也必然会被人们追求幸福生活的步履结结实实地踏在脚下。

参考文献

1. 孙春日著:《"满洲国"时期朝鲜开拓民研究》,延边大学出版社,2003 年 9 月第 1 版。

2. 李冬雪著:《日伪时期朝鲜移民"安全农村"研究》,2020 年 5 月。

3. 横山敏男著:《新京邮信》,肇书房刊,1942 年。

4. 王晓萌著:《落地生根:一个朝鲜族社区的历史人类学考察》(手稿版),2005 年 5 月。

5. 盘锦市人民政府方志办公室编:《盘锦市志》,方志出版社,2000 年 12 月第 1 版。

6. 中国人民政治协商会议盘锦市委员会文史资料委员会编印:《盘锦文史资料》第七辑,辽盘内出字 [1998] 第 002 号,1998 年 10 月版。

7. 中国人民政治协商会议大洼县委员会学习文史委员会编:《大洼文史资料》第二十四辑《大洼农垦史迹》,盘文内登第 002 号,2008 年 11 月版。

8. 中国人民政治协商会议大洼县委员会学习文史委员会编:《大洼文史资料》第十九辑《大洼农垦事业专辑》,盘文内登第 002 号,2003 年 12 月版。

9. 营口市档案馆编译翻印:《营口事情》,1960 年 10 月第 1 版。

10. 权衡益著:《盘锦朝鲜族史略》,辽宁民族出版社,2011 年 7 月第 1 版。

11. 辽宁省档案馆历史档案二部编写:《辽宁大事记(1931—1945)》,沈阳:辽宁人民出版社,1993 年 10 月第 1 版。

后　记

　　本书于 2020 年 12 月被确定为辽宁省文化名家暨"四个一批"人才培养项目，继而于 2021 年被确定为辽宁省作家协会定点深入生活项目、盘锦市少数民族地区补助费扶持项目。项目的完成期限，原则上为立项之日起一年内。一年一部书的速度，在我近 30 年的创作经验里极为罕见，但是对于本书，当时的我完全没有感觉到压力。

　　早在 2012 年创作《辽宁地域文化通览·盘锦卷》的时候，我就曾走访了盘锦市的每一个乡镇及每一个重点村屯，包括本书的核心属地国营荣兴农场，采访过中央屯的众多朝鲜族人；在荣兴街道于 2018 年筹建荣兴人的"家庙"——荣兴博物馆之时，我应邀为该馆撰稿，由此对荣兴域内的史脉进行了又一次深度挖掘。两度深挖所获，使我对在期限内完成本书颇有信心。

　　然而动笔之后，却遭遇了令人吃惊的阻滞，创作过程就像织毛衣一样，织了拆，拆了织，每一步进展都历经了无数次磨难，而结果还令人难以满意。如此纠结的情境，令心情变得越来越焦虑。

　　为打破这种局面，我又扣上电脑，转而对盘锦全境的 16 个朝鲜族村屯进行了再度的深入走访。由于新冠疫情之故，此次访谈变得分外艰难，时有停滞，以至于到预定采访全部完成之际，已是 2022 年春天了，然后梳理，继而磨合消化，尝试着再度落笔。

　　2023 年 6 月，终于完成了提交出版之前的最后一次修订。

　　此刻回头想想，这也并非我经历的最艰难的一次创作，只是其中之一罢了。所幸在我的经验里，过程中所历的焦灼、苦恼、惆怅等种种折磨，都将成为坚定我创作自信的又一块基石。

　　此刻，我需要表达我真挚的感谢：感谢辽宁省委宣传部、辽宁省作家协会的信任与体谅，在完稿时间上给予我一再的宽延；感谢盘锦市委统战部、盘锦市委宣传部、盘锦市民族与宗教管理局、盘锦辽滨沿海经济技术开发区管理委员会相关领导的大力支持，使我得以在盘锦市16个朝鲜族村屯进行深入的采访；感谢二界沟街道党工委、国营荣兴农场，以及著名作家赵瑜老师、辽宁大学吴玉杰教授的热诚相助，使我得以参阅了大量宝贵的档案资料和扎实史料。同时感谢盘锦辽河口文化研究会会长杨洪琦老师，他帮我一次次协调了具体采访并陪同了全程；感谢盘锦市委党校的赵军、大洼区政协的宋晓颖、荣滨社区的金锦哲和董悦等所有给予我支持的人，以及每一位接受我采访的人，如果没有他们的鼎力相助与深入追述，本书的创作很可能至今还在煎熬着我。在本书即将付梓的此时此刻，真诚祝愿每一位都能在接下来的日子里幸福安康，万事胜意！

杨春风

2024 年 5 月 11 日